AF281806

Maria A. Sinning

Jakob hinkt nicht mehr

Ein Freiburg-Krimi

Impressum

Bibliografische Information der Deutschen Nationalbibliothek: Die Deutsche Nationalbibliothek verzeichnet diese Publikation in der Deutschen Nationalbibliografie; detaillierte bibliografische Daten sind im Internet über http://dnb.dnb.de abrufbar.

Herstellung und Verlag: BoD – Books on Demand, Norderstedt

ISBN: 978-3-7578-2279-8

Namensliste

Die Kommissarin und ihre Freunde und Freundinnen:

- **Kristin Neven:** Kommissarin im krankheitsbedingten Vorruhestand.
- **Katja von Berg:** beste Freundin der Kommissarin, beide waren zusammen auf der Polizeischule
- **Onkel Hans:** Katjas Patenonkel
- **Max:** 10jähriger, lesebegeisterter Nachbarsjunge.

Familie Schäfer:

- **Jakob** Schäfer: hinkendes Mordopfer
- **Johannes** Schäfer: Bruder des Mordopfers, unterhält in seinem Bungalow im Bussardweg eine Art Privatkirche
- **Elisabeth:** Schwägerin des Mordopfers, Ehefrau von Johannes Schäfer
- **Rahel:** älteste Tochter
- **Noah:** ältester Sohn
- **Benjamin:** jüngster Sohn
- **Nico:** Pflegesohn
- **Jeremias/Jerobeam:** aus der Art geschlagener Bruder von Jakob und Johannes

Familie Fischer:

- **Tobi:** Anfang zwanzig und auf der Suche nach sich selbst
- **Mutter Melanie:** täte alles für ihren Sohn

Brigitte Blanck: im Ruhestand, verbringt die meiste Zeit im Liegestuhl am Moosweiher.

Thomas Schobert: Weiß selbst nicht so genau, warum er zur Privatkirche der Schäfers gehört

Else Kling: tratschfreudige Nachbarin

Nils Baumgart: Leitet jetzt statt Kristin Neven die Mordermittlungen

Lisa-Marie: Junge, sympathische Kollegin von Katja.

Personen und Handlung sind frei erfunden. Ähnlichkeiten mit lebenden oder toten Personen sind rein zufällig und nicht beabsichtigt.

Donnerstag

Träumte sie?

Ein Stimmengewirr drang durch das offene Fenster in ihr Schlafzimmer und erfüllte den Raum mit Gemurmel, Geräuschen und wohlvertrauten Klängen. Die Stimmen waren so vertraut, klangen wie ihre ehemaligen Kollegen. Sie hörte Gespräche über Fotos, Spuren und Tatwaffen, die Witzeleien nebenher. ‚Wie früher, wenn wir mit der Mordkommission zu einem neuen Fall kamen' dachte sie.

Nur langsam dämmerte es Kommissarin Kristin Neven, dass sie tatsächlich die Stimmen ihrer ehemaligen Kollegen hörte. Offensichtlich stand direkt unter ihrem Balkon eine beachtliche Abordnung der Freiburger Mordkommission, und genau dort schien auch ein Mordopfer zu liegen: unmittelbar unter ihrem Balkon, neben ihrem Hochhaus am Moosweiher, im Freiburger Stadtteil Landwasser. Sie schaute auf die Uhr: Fünf Uhr dreißig. Früher wäre sie um diese Zeit längst munter gewesen. Aber seit ihre Erkrankung sie in den einstweiligen Ruhestand gezwungen hatte, brauchte sie morgens deutlich länger, bis sie überhaupt nur aufstehen konnte.

Ein Mord, direkt unter ihrem Balkon – und sie konnte nicht mitermitteln. In diesem Moment traf sie der Schmerz über den Verlust ihres Berufs tief ins Herz. Mühsam hatte sie in den Monaten seit ihrer Erkrankung versucht zu lernen, ihren heißgeliebten Beruf loszulassen und nicht mehr so wichtig zu nehmen. Mühsam hatte sie gelernt, sich an den kleinen Spaziergängen zu erfreuen, die sie früher in einer halben Stunde erledigt hätte, und die nun ein Tagewerk waren. Mühsam hatte sie gelernt mit dem Alleinsein umzugehen, anstatt sich begeistert in das Getümmel einer Mordermittlung zu stürzen. Sie hatte vieles innerlich loslassen müssen, bis sie sich mit den wenigen Möglichkeiten, die ihr die Krankheit ließ, einigermaßen arrangiert hatte. Aber nun, da ihre ehemaligen Kollegen in Hörweite und unter ihrem Fenster arbeiteten, wollte sie an ihrer elenden Situation verzweifeln.

Vorsichtig schlich sie sich auf den Balkon. Sie wollte nicht von ihren ehemaligen Kollegen gesehen werden. Als Kommissarin wusste sie, wie sehr man es bei der Mordkommission hasste, wenn Schaulustige am Tatort waren. Und da sie nicht mehr Teil der Mordkommission war, galt sie nur noch als das: als lästige Schaulustige, die am Tatort nichts zu suchen hatte. Zudem nahm es der Chef der Ermittlung, Nils Baumgart, dessen Stimme wie immer laut aus dem Gewirr herausstach, bei diesen Dingen sehr genau. Jeder Schaulustige wurde verscheucht wie lästige Fliegen.

Nils Baumgart hatte, kaum dass die Kommissarin vergangenen Herbst frühpensioniert war, ihren Posten als Chefermittler übernommen. Nun ließ er keine Gelegenheit aus kundzutun, dass er diesen Posten viel besser ausfüllte als sie. Man hätte ihn schon vor Jahren bei der Beförderung berücksichtigen müssen – eine Sicht, die seine Untergebenen nicht teilten, vor allem nicht die weiblichen.

Die ersten Strahlen der aufgehenden Sonne beschienen den Tatort und alle, die ihn aufnahmen. Auf der Wiese um ihr Hochhaus herum herrschte das vertraute, bunte Gewimmel aus Kommissaren, Technikerinnen und Polizisten in Uniform. Wie immer zeigten die einzelnen Beteiligten unterschiedlichen Ehrgeiz, sich in die Arbeit einzubringen. Mitten im Gewusel der Tatortsicherung stand Nils Baumgart und hatte die Oberaufsicht übernommen. Damit war seiner Ansicht nach seine Aufgabe hinreichend erfüllt. Seit er die Leitung übertragen bekommen hatte, arbeitete er in erster Linie mit seinen zwei Zeigefingern. Mit dem rechten deutete er jeweils auf einen Kollegen, mit dem linken auf eine Aufgabe: „Du machst das, du übernimmt das!" bellte er dabei. Als sie Nils Baumgart bei seiner Arbeitseinteilung beobachtete, fragte sich die Kommissarin einen kurzen Augenblick, ob die Frühpensionierung nicht zumindest besser sei als so einen Vorgesetzten zu haben.

Ihre Blicke wanderten weiter über die Szenerie. Fasziniert beobachtete sie zwei Polizisten in Uniform, die es sich geschickt hinter der Hecke zum Nachbar-Hochhaus gemütlich gemacht hatten. Wann immer jemand sich zu ihnen umdrehte, taten sie so, als suchten sie auch dort nach verwertbaren Spuren. Bei dieser Art von Eifer würden sie nicht viele finden.

Jetzt entdeckte Kristin auch ihr beste Freundin und liebste Kollegin Katja Berg. Sie stand etwas abseits und betrachtete den Tatort schweigend und unbeweglich. Kristin und Katja waren unzertrennlich seit der Polizeischule, genauer gesagt, seit jener legendären Polizeischul-Party, bei der die Feierfreude so eskaliert war, dass sogar überregionale Zeitungen darüber berichtet hatten. Beinahe wären Kristin und Katja hinterher von der Polizeischule geflogen. Das hatte die Beiden für immer zusammengeschweißt - und ihnen den Spitznamen „K2" eingebracht.

Katja hielt sich etwas entfernt von Nils Baumgart, und Kristin wusste warum. Er duldete um sich herum nichts, das nach Stillstand aussah. Katja aber sog den Tatort immer auch eine Zeitlang still in sich auf, ließ die Gedanken sich selbst sortieren: Sie versuchte sich auszumalen, wie genau die Tat passiert sein könnte. Ihr inneres Auge drehte gleich mehrere Filme mit möglichen Tathergängen. Mal kam ein möglicher Täter von rechts, mal die Täterin von links. Mal kannten sich die Beiden und stritten vor der Tat, mal war es ein Überfall aus dem Hinterhalt. Während sie diese inneren Filme an Ort und Stelle ablaufen ließ, achtete sie auf Stimmigkeit und eventuelle Ungereimtheiten. Schon oft waren ihr dabei Kleinigkeiten aufgefallen, die später entscheidend zur Aufklärung des Falles beigetragen hatten.

Auch Katja hatte, trotz ihrer inneren Filmarbeit, ihre Freundin Kristin schnell entdeckt, ließ sich aber nichts anmerken. Sie wusste, dass auch ihre Freundin den Tatort begutachten wollte, und ließ sie gewähren.

Vorsichtig beugte sich Kristin nun über die Reling ihres Balkons. Dort lag das Mordopfer. Es war Jakob Schäfer, ihr Nachbar aus einer der oberen Etagen. Jemand hatte ihm mit voller Wucht ein Küchenmesser von beachtlicher Größe in die Magengegend gerammt. Wer immer das getan hatte, musste sehr wütend gewesen sein. Die ganze Szenerie erzählte von Emotionen, Wut, Zorn, Verzweiflung. Am Ende dieser Emotionen lag Jakob Schäfer geradezu filmreif unter Kristins Balkon: Das rote Blut hatte auf dem weißen Hemd des Mordopfers fast schon ästhetisch schöne Formen hinterlassen. Hätte Kristin dieses Bild in einem Fernsehkrimi gesehen, sie hätte schallend gelacht. Es war zu unwirklich, fast inszeniert. Aber hier hatte der Zufall tatsächlich dieses filmreife Bild gemalt: Auf der grünen Wiese lag Jakob Schäfer. Auf seinem weißen Hemd kam das Rot des Blutes besonders gut zur Geltung. Die blaue Hose und die beigefarbene Jacke machten das Farbenspiel perfekt.

Kristin Neven versuchte sich das Messer genauer anzuschauen, so genau es ihr von ihrem Balkon aus möglich war. Es schien deutlich größer als eines, das Menschen für ein Picknick am Moosweiher im Handgepäck dabei hatten. Gleichzeitig aber sah es für jemanden, der gern gefährliche Waffen und Messer mit sich herum trug, zu sehr nach Küche aus. So ein Messer hatte man nicht einfach so dabei. Kristin Nevens erster Gedanke war: ‚Der Täter stammt aus unserem oder aus dem Nachbarhochhaus. Er hat sich das Messer aus seiner Küche mitgebracht, als er Jakob Schäfer unten auf der Wiese stehen sah. Jakob Schäfer wurde von einem Nachbarn ermordet. Der Täter oder die Täterin wohnt im Haus, hatte eine extreme Wut auf Jakob Schäfer, und jetzt fehlt ihm oder ihr ein Messer.‘

Kristin konnte sich nicht recht vorstellen, wieso irgendjemand wütend auf das Mordopfer sein konnte. Nicht dass sie ihren Nachbarn gut gekannt hätte. Aber in den zufälligen Begegnungen mit ihm hatte sie ihn als höflichen, zugewandten Menschen kennen gelernt. Zwei Dinge fielen ihr spontan zu ihm ein: dass er sein linkes Bein auffallend hinterher gezogen hatte, und dass er für Kristins Geschmack seinen christlichen Glauben etwas zu offensiv vor sich her getragen hatte.

Einmal hatte er sie in ein langes Gespräch verwickelt, warum sie nicht aus der Kirche austrat und statt dessen seine Glaubensgemeinschaft unterstützte. Die Kirche sei doch gar nicht fromm genug, hatte er ihr nahegelegt. Aber sie meinte nur: „wenn ich austrete, dann, weil mir meine Kirche zu fromm wird!" Danach hatte er nicht mehr von dem Thema angefangen. Er grüßte, hielt die Tür auf, unterhielt sich kurz mit ihr und den anderen Hausbewohnern. Man konnte sich nicht vorstellen, dass ihm irgendwer Böses wollte. Nun aber lag er tot unter ihrem Balkon, ermordet - wahrscheinlich von jemandem aus diesem oder aus dem Nachbarhaus.

Dreißig Jahre bei der Mordkommission bereiten einen nicht auf den Moment vor, in dem man realisiert, dass man möglicherweise Tür an Tür mit einem Mörder oder einer Mörderin wohnt. Über hundert Menschen wohnten in Kristin Nevens Hochhaus. Alle kamen als potentielle Täter oder Täterin in Frage. Wie sollte sie ihnen noch unbefangen gegenüber treten? Wenn sie sich weiter in ihrem Haus wohlfühlen wollte, musste der Täter schnell gefunden werden. Notfalls würde sie auf eigene Faust ermitteln. Wie genau das gehen sollte, wenn man krankheitsbedingt nur gut eine Stunde pro Tag genügend Kraft hat, am Leben der anderen teilzunehmen, wusste sie noch nicht. Sie war aber entschlossen es auszuprobieren – allerdings nicht mehr an diesem Tag. Für heute reichte ihre Kraft nur noch für ihren

Termin bei ihrem Hausarzt am Nachmittag. Wenn sie das schaffen wollte, musste sie langsam anfangen, ihre Kräfte zu schonen.

Katja Berg hatte inzwischen ihre innere Filmarbeit abgeschlossen. Aus den Augenwinkeln hatte sie beobachtet, wie sich die Balkontür ihrer Freundin wieder geschlossen hatte, und wusste, dass Kristin nun mit Ohrschonern und Augenbinde auf dem Sofa liegen und Pause machen würde. In diesem Moment war Katja fast ein bisschen neidisch. Natürlich wusste sie, was für eine entsetzliche Krankheit das so harmlos klingende Chronische Fatigue-Syndrom ME/CFS war. Sie hatte die Schmerzen und die vollkommene Entkräftung ihrer Freundin mit eigenen Augen gesehen und wusste, was sie litt. Aber in diesem Moment hätte sie lieber ebenfalls auf dem Sofa gelegen und Pause gemacht. Seit Kristin nicht mehr im Team mit ihr arbeitete, hatte Katja die Leidenschaft für die Polizeiarbeit verloren. Kristin hatte sie mit ihrer Begeisterung für die Arbeit oft angesteckt. Das fehlte ihr nun schon gut ein Jahr. Diese Zeit hatte auch Katja erschöpft. Sie blickte die Reihe der Hochhäuser am Moosweiher entlang und seufzte. In jedem dieser Hochhäuser würden sie in den kommenden Tagen von Wohnung zu Wohnung gehen müssen und alle Nachbarn befragen. Wie gern hätte sie jetzt ein halbes Jahr frei! Statt dessen würde sie später mit der Befragung der armen älteren Hundebesitzerin beginnen, die den Toten gefunden hatte. Nach der

Arbeit wollte sie schnell noch ihren Onkel Hans im Pflegeheim in Littenweiler besuchen und zuletzt sollte sie abends noch zum Polizeisport nach Herdern fahren. Es machte ihr alles keinen Spaß mehr.

Freitag

„Wer macht so was? So ein guter Mann! Jetzt ist er tot! Aber ich hab es ja schon immer gesagt…"

„Else Kling" redete ohne Punkt und Komma auf Kristin Neven ein. Normalerweise machte die Kommissarin einen weiten Bogen um sie. Denn wenn Else Kling erst einmal ins Reden kam, hörte sie so schnell nicht wieder auf. Aber heute war die frühpensionierte Kommissarin extra noch etwas langsamer gegangen als sie es seit ihrer Krankheit ohnehin schon tat, um die Nachbarin zu treffen. Wenn jemand die Menschen im Haus und alle Gerüchte kannte, dann war das Else Kling. Natürlich hieß sie nur bei Kristin Neven so, nach der Hausmeisterin aus der Fernsehserie „Lindenstraße" in den 1980er Jahren – den richtigen Namen kannte sie nicht einmal. Inzwischen aber merkte sie, dass sie alt wurde: immer weniger Menschen hatten bei dem Namen das passende Bild vor Augen.

Nun aber kamen Kristin erste Zweifel, ob die Idee so gut war, Else Kling zu treffen. Die redete nämlich schon 20 Minuten ununterbrochen. Und die Kommissarin hatte nichts, wo sie sich hinsetzen oder anlehnen konnte. Sie standen auf dem kleinen Wegchen hinter ihrem Hochhaus. Von dort hatte man einen guten Blick auf den Tatort. Er war noch immer abgesperrt, und ein paar letzte fleißige Polizisten und Polizistinnen überprüften noch einmal, ob sie gestern nicht doch irgendeine Spur übersehen hatten.

Kristin hatte ihre Tagesenergie eigentlich schon damit aufgebraucht, den halben Kilometer zu Fuß zu dem netten Café in der nahegelegenen Baumschule zu laufen, am Sportplatz vorbei, den kleinen Hügel beim „Lehener Bergle" hoch, durch die Gärtnerei und Baumschule. Dort hatte sie einen Kaffee getrunken. Sie liebte das kleine Café, und seit ihre Kräfte wieder dafür reichten, ging sie oft hin. Genau so viel schaffte sie am Tag: einmal zum Café laufen, Kaffee trinken und zurück kehren. Nun aber kam noch das Gespräch mit Else Kling hinzu, und das war zu viel. Sie verbrauchte bereits die Kräfte von Morgen. Wenn Kristins Kräfte schwanden, hatte sie immer den Eindruck, zugucken zu können, wie ihr ihre Konzentration entglitt. Sie konnte fast bildlich zusehen, wie sie aufhörte zuzuhören. Regelmäßig zwang sie sich dann zurück zum Gespräch, und merkte doch, wie chancenlos jeder Versuch war, die Gedanken beisammen zu halten. Gegen den krankheitsbedingten Nebel in ihrem Kopf half kein Zwang, nur eine ausgiebige Pause. Zudem wurden der Kommissarin nun die Beine vom Stehen schwer, auch das Folge der Krankheit. Stehen war eine unvorstellbare Kraftanstrengung. In Zukunft würde sie zum Ermitteln wieder ihren kleinen, leichten Campinghocker mitnehmen, obwohl sie doch so stolz war ihn nicht mehr zu brauchen.

„... dabei ist ja die ganze Familie so nett", plapperte Else Kling unablässig weiter. „Kennen Sie den Bruder? Johannes Schäfer? Der hat um die Ecke im Bussardweg doch diesen Bungalow. Und immer dienstags nachmittags veranstaltet er dort einen Kindernachmittag. Dabei hat der Tote auch immer geholfen. Die haben das zusammen aufgezogen - irgendwie aus religiösen Gründen oder so. Ich weiß nicht, zu welcher Sekte die gehören. Aber die Kinder in Landwasser gehen alle gern hin. Es gibt Kuchen und Cola und sie singen Lieder und springen auf dem Trampolin. Da können die Rabauken in der Zeit schon keinen Unfug anrichten. So eine engagierte Familie. Alle! Und nun haben sie einen davon ermordet. Wer macht so was? Ich verstehe es nicht..."

Kristin musste den Wortschwall unterbrechen. Inzwischen kribbelte jeder Körperteil, die Beine, die Arme, der Kopf. Langsam zogen ernsthafte Schmerzen auf. Ihr erster Versuch zu ermitteln endete mit völliger Erschöpfung. Diesen Teil ihrer Erkrankung hasste sie besonders. Bei leichtester Belastung war sie vollkommen überdimensioniert kaputt, hatte höllische Kopfschmerzen und jeder Muskel und jeder Nerv taten ihr weh. Eigentlich wusste sie, dass sie gesundheitlich nur dann Fortschritte machen konnte, wenn sie diese Verschlechterung vermied. Wie aber sollte das gehen, wenn man am Leben teilnehmen wollte? Frustriert ging sie zurück in ihre Wohnung, zog sich Ohrschoner über die Ohren, verdunkelte ihre

Wohnung und legte sich aufs Sofa. An diesem Tag konnte sie nichts mehr erreichen. Hoffentlich war sie wenigstens morgen fit.

Einige Stockwerke obendrüber nahm ihre Freundin Katja zeitgleich die Wohnung des Verstorbenen auseinander. In einer kurzen Pause hatte sie die Freundin mit Else Kling vom Balkon aus gesehen. Sie sah inzwischen bereits an der Körperhaltung, ob Kristin einen guten oder einen schlechten Tag hatte. Dieser hier war definitiv ein schlechter.

Die Wohnung des Mordopfers befremdete Katja sehr. Aber sie hatte eine ganze Zeitlang gebraucht, bis ihr klar geworden war, was sie so sehr irritierte. Wohnungsdurchsuchungen von Mordopfern begann sie grundsätzlich damit, erst einmal eine gute Viertelstunde den „Geist" der Wohnung zu spüren: wie tickt der Mensch, der hier wohnt? Ist es ein freundlicher, fröhlicher, aufgeschlossener Mensch? Ist er ordentlich oder nicht? Welche Spuren haben seine Freunde in der Wohnung hinterlassen? Es gehörte zu Katjas fester Routine, als erstes in einer neuen Wohnung diesen Fragen und Gedanken nachzuhängen.

Heute aber gelang es ihr nicht, sich anhand der Wohnung in das Wesen von Jakob Schäfer hineinzufühlen. Die Zweizimmerwohnung war ordentlich, praktisch geschnitten wie alle

Wohnungen im Stadtteil Landwasser, die Möbel waren aus offensichtlich hochwertigem Holz. Alles schien aufeinander abgestimmt: Möbel, Teppiche, Einbauküche, Vorhänge. Aber etwas fehlte. ‚Wie ein Hotelzimmer', dachte Katja. ‚Wie ein Zimmer in einem christlichen Hotel', ergänzte sie. ‚Wie ein Zimmer in einem sehr übertrieben frommen christlichen Hotel irgendwo im Bibelbelt von Amerika.' Nirgends waren Spuren, dass hier ein Mensch seit fünf Jahren lebte und aus und ein gegangen war. ‚Wenn es eine Musterwohnung für christliches Wohnen gäbe, sie sähe so aus', schoss es Katja durch den Kopf. Im Regal standen ordentlich aufgereiht Gebetsbücher, Bücher mit Bibelauslegungen, Bücher über große Vorbilder des Glaubens.

Katja mochte den christlichen Glauben. Nicht, dass sie sich besonders gut auskannte oder streng gläubig wäre, nicht, dass sie mit Kirche als Institution besonders viel anfangen konnte, aber als Einzige in ihrem Bekannten- und Freundeskreis ging sie auch jenseits von Weihnachten ab und an in den Gottesdienst, meistens ins Freiburger Münster. Ihr gefiel einfach die Atmosphäre. Während sie unter der Woche mit scharfem Verstand und rationalem Denken an die Arbeit ging, tauchte sie in der Messfeier in ein Meer aus Gefühl und Gemüt ein: der Duft von schwerem Weihrauch, das Brausen der vier großen Münsterorgeln, die Messdiener und Messdienerinnen, die würdevoll nach einer sauberen Choreografie durch den Raum schritten, in den Pausen aber miteinander Faxen machten, das bunte Farbenspiel, wenn die Sonne durch die mittelalterlichen Glasfenster schien. Wenn Katja zum Erstaunen ihrer Freunde in die Kirche ging, pflegte sie zu sagen: „ich muss mal wieder das Heilige atmen."

Trotz allen Wohlwollens dem Glauben gegenüber kam sie in dieser Wohnung an die Grenzen ihres Verständnisses. Denn das Einzige, das ihr diese Wohnung erzählte, war: „seht her, hier wohnt ein frommer Mann. Frommer, als du es bist!"

Im Flur entdeckte Katja den Druck eines alten Gemäldes: „Der schmale und der breite Weg." So ein Druck hatte auch bei ihrer Großtante gehangen, neben dem Gästebett. Wenn sie ihre Großtante als Kind besuchte, hatte Katja es beim Einschlafen und beim Aufwachen betrachtet: Ein schmaler Weg führte an allen möglichen Entbehrungen entlang in den Himmel, ein breiter Weg zu allem, was Spaß macht, aber am Ende in die Hölle. Nun stand Katja im Flur des Mordopfers und betrachtete das Bild mit den gleichen Gefühlen wie damals. Schon als Kind hatte sie sich mit Begeisterung den „breiten Weg" angeschaut, der an allem vorbei führte, was das Leben so schön machte. Warum all das in die Hölle führen sollte, vor allem der „Maskenball", und warum der Weg in den Himmel so entsetzlich langweilig sein sollte, hatte sie nie verstanden.

Auch jetzt löste das Bild in ihr Tausend Fragen, Emotionen und Unverständnis aus.

Plötzlich dachte sie: ‚ob vor mir schon einmal jemand hier in diesem Flur gestanden und das Bild mit Emotionen betrachtet hat?‘ Genau das war es, was ihr in dieser Wohnung fehlte: Emotionen. Nichts erzählte vom Leben, vom Lieben, von Sehnsucht, von Verzweiflung oder von Wut in der Wohnung. Alles war einfach nur perfekt eingerichtet. Alles lag aufgeräumt an seinem Platz, als wohne niemand hier, sondern stelle nur seine Wohnung aus. Keine Fotos hingen an der Wand, kein Buch lag aufgeschlagen am Nachttisch, keine Zeitung war vergessen worden aufzuräumen. Nichts strahlte Wärme und Liebe aus. Gleichzeitig war die Wohnung auch nicht kalt. Sie wirkte wie eine Scheinwelt, perfekt inszeniert, aber ohne eigenes Leben. Wer war dieser Jakob Schäfer, der in dieser Musterwohnung lebte?

Eine Antwort auf diese Frage fand Katja in der Wohnung nicht. Es gab kein Tagebuch, keinen Browserverlauf, kein aufgeschlagenes Buch, nichts, was einem den Menschen Jakob Schäfer näher gebracht hätte. Komischerweise hatten sie auch noch kein Handy gefunden.

Bevor sie zum Feierabend die Wohnung verließ, trat sie noch einmal auf den perfekt eingerichteten und dennoch merkwürdig leblosen Balkon. Von hier oben hatte sie einen herrlichen Blick über Landwasser und weite Teile Freiburgs. Ganz in der Ferne sah sie sogar die Spitze des Münsterturms. Von hier oben sah sie die Vorzüge Landwassers: das viele Grün, gleichzeitig die perfekte Anbindung an die Innenstadt. ‚Dieser Stadtteil ist der meistunterschätzte von ganz Freiburg‘, dachte sie. Ob sie sich um diese Wohnung bewerben könnte? Mehr als diese zwei Zimmer brauchte sie nicht. Vor allem wäre ihre Freundin Kristin so nahe, dass sie sie öfter kurz, nur für zehn Minuten, besuchen könnte. Oder sie könnte einfach schweigend bei ihr im Wohnzimmer sitzen. Denn kein Tag verging, an dem sie ihre Freundin nicht schmerzlich vermisste.

In den letzten Wochen hatte sie nicht nur an der Arbeit den Spaß verloren, sondern auch an ihrer Wohnung. Inzwischen, fand sie, sei sie zu alt fürs Sedanviertel, das hippe Innenstadtviertel, mit seinen Kneipen, Kinos und Theater. Sie war jetzt in einem Alter, in dem man nachts lieber schlafen möchte, als feierwütigen Studierenden beim lautstarken Biertrinken und Reden zuhören zu müssen.

Samstag

Samstags war K2-Tag. Das hatten sich die beiden Freundinnen angewöhnt, als Kristin nach einer Corona-Infektion an ME/CFS erkrankt war. Die Wochen nach dem großen Crash in der Reha hatte sie fast nur im Bett oder auf dem Sofa verbringen können, war erschöpft vom Weg auf die Toilette, entkräftet davon, sich etwas zu essen zu machen, ermattet vom Atmen und schon von kleinsten Geräuschen oder Störungen überfordert. Katja ging für ihre Freundin einkaufen, räumte die Lebensmittel ein – so dass Kristin sie gut erreichen konnte, und schaute nach ihr. An guten Tagen redeten sie kurz miteinander und an schlechten Tagen hinterließ sie ihr nur einen kurzen Gruß auf einer Karte oder Blumen und schloss die Tür wieder leise hinter sich zu. Sie war da ohne zu überfordern. Zweimal am Tag schickte sie ihr eine Nachricht aufs Handy. Wenn Kristin nicht antwortete, kam Katja vorbei und sah nach ihr. Kristin war ihr für all das zutiefst dankbar. Seit es ihr langsam etwas besser ging, sprachen sie immer länger miteinander.

Inzwischen konnte sich Kristin, wenn sie sich vorher und hinterher gut schonte, bis zu einer Stunde auf ein Gespräch konzentrieren ohne ernsthaften Schaden zu nehmen. Die Stunde mit Katja war samstags, genau von 15 bis 16 Uhr. Katja überwachte die Zeit und ging, egal wie schön es gerade war. Sie hatte sich gut eingelesen in die Herausforderungen des postviralen Fatigue-Syndroms ME/CFS.

An den gemeinsamen Samstagen war auch Zeit für Tränen, die sie miteinander vergossen, über Kristins verlorenes Leben, die unendlich vielen Stunden der Erschöpfung, der Stille und der Einsamkeit. Sie weinten miteinander darüber, dass sie ihre Freundschaft nicht in gemeinsam verbrachter Zeit zum Ausdruck bringen konnten, und darüber, was sie gemeinsam verpassten. Sonst verbat Kristin sich die Tränen, denn auch Tränen strengten sie zu sehr an.

Die Samstag Nachmittage waren aber auch die Stunden neu erwachenden Lebensglücks, neuer Teilnahme am Leben, Freude über die kleinsten Fortschritte. Katja war der Hauptgewinn unter den Freunden und Freundinnen. Viele andere hatten sich abgewandt. Sie meinten, Kristin übertreibe, bilde sich die Krankheit nur ein oder solle sich nicht so anstellen. Katja aber hatte verstanden, was ME/CFS bedeutet.

Nun also saßen sie beieinander. Kristin hatte sogar einen kleinen Kuchen gebacken. Das wieder zu können war ein großer Fortschritt. Jetzt lenkte sie das Gespräch unauffällig in Richtung Mordfall. Sie ging behutsam vor, denn sie wollte ihre beste Freundin nicht in Konflikte bringen zwischen ihrer Freundschaft und ihrer Schweigepflicht.

Katja berichtete nicht viel, aber immerhin: Noch tappte die Polizei vollkommen im Dunkeln. Sie erzählte von der merkwürdig perfekt inszenierten Wohnung, und davon, wie schwer es sei, den Menschen Jakob Schäfer zu greifen. Erste Befragungen im Umfeld des Verstorbenen hatten ebenfalls noch nichts erbracht. Mit der Befragung der Familie seines Bruders im Bussardweg hatten sie erst begonnen, aber bisher gab es auch dort keine Auffälligkeiten oder Tatmotive. Bisher hatten sie nur das Messer als Spur. Aber das musste direkt aus der Spülmaschine gekommen sein. Sie hatten noch nichts weiter feststellen können, als dass es ein Messer war, wie man es in jedem Haushaltsladen kaufen konnte.

Montag

„Musst du nicht langsam nach Hause gehen, Max?"

Der zehnjährige Junge war so vertieft in sein Buch, dass er nicht einmal aufsah. Kristin lächelte, als sie das Bild sah: der Junge saß mit angezogenen Knien auf ihrem Sessel und hatte sich trotz des beginnenden Sommers in seine Kuscheldecke gehüllt. Aus diesem Haufen schaute nur die rotbraune Wuschelmähne heraus. Die runde Brille saß wie immer schief auf seiner Nase.

„Max? Ich glaub, du musst jetzt nach Hause!"

Endlich blickte der Junge hoch.

„Wird es dir zu viel, Kristin?" fragte er, sah ihr aber mit Kennerblick an, dass die Kommissarin noch Kraft hatte. Deswegen wandte er seine Augen wieder dem Buch zu:

„Nur noch schnell das Kapitel fertig, ja?"

„Nicht wegen mir! Aber deine Familie wartet schon auf dich!"

Max und Kristin verband eine ungewöhnliche Freundschaft. Sie hatten sich im Herbst kennen gelernt, als sich Kristin nach der allerschlimmsten Zeit ihrer Krankheit immerhin wieder die wenigen Meter von ihrem Haus bis zum Spielplatz am

Moosweiher schleppen konnte. Dort war sie auf der Bank mit Max ins Gespräch gekommen. Er wohnte seit kurzem im gleichen Haus und musste auf seine vier Geschwister aufpassen. Dabei hätte er viel lieber gelesen. Während sie sich kurz unterhielten, stellten sie fest, dass sie eine große Sehnsucht verband: dass um sie herum Ruhe wäre. Er, damit er ungestört von seinen kleinen Geschwistern lesen konnte, und sie, weil die Krankheit eine extreme Überempfindlichkeit für Geräusche mit sich gebracht hatte.

Seit dem kam Max zum Lesen zu Kristin in die Wohnung. Er klingelte mit einem verabredeten Klingelzeichen, und wenn die Krankheit es zuließ, öffnete Kristin. Schnurstracks wanderte er auf seinen Lieblingssessel, wickelte sich in seine Kuscheldecke und versank regelrecht in seinen Büchern. Er war dankbar, nicht angesprochen zu werden, und Kristin freute sich an seiner Gegenwart. Sie brauchte viel Ruhe, und Geräusche belasteten sie. Das machte es ihr fast unmöglich, Sozialkontakte zu pflegen. Die erste Zeit hatte sie es nicht einmal bis vor die Haustür geschafft. Nur selten reichte ihre Kraft, dass jemand zu ihr zur Reden kam. So hätte sie sich oft einsam gefühlt – säße da nicht Max auf ihrem Sessel, schweigend, in sein Buch vertieft, mit angezogenen Beinen unter der Kuscheldecke. Weil er nicht viel mit ihr redete, konnte sie seine Anwesenheit gut aushalten, sogar länger als die von Katja. Wenn sie Max sah, fühlte sie sich nicht mehr ganz so allein und verloren mit dieser Krankheit. Über den Herbst und Winter hatten sich die beiden eine ganz besondere Beziehung erschwiegen. Und nun, an den ersten Frühsommertagen Mitte Mai, reichte ein Blick und sie wussten, wie es der anderen Person ging. Max spürte, wenn die ehemalige Kommissarin zu erschöpft war, ihn wieder rauszuschmeißen, und schlich sich aus der Wohnung. Und die Kommissarin sah an der Art, mit der er sich in seine Bücher hineinlas, wie es ihm ging. Wenn er Ärger in der Schule hatte, las er mit anderer Intensität als wenn er nach einem schönen Tag noch ein Stündchen zum Lesen zu ihr kam.

Von Max hatte Kristin „Elfchen-Schreiben" gelernt. Während der krankheitsbedingt auftretenden Sinnkrisen hatte sie die Sehnsucht entwickelt, ihre Situation kreativ zu verarbeiten. Dafür aber wäre es hilfreich gewesen, irgendwelche kreative Fähigkeiten zu besitzen. Diese Seite ihres Lebens aber hatte sie während ihrer Zeit bei der Polizei völlig vernachlässigt. Und so saß sie, was ihr schöpferisches Handeln anbelangte, etwas in der Klemme. Weder im Malen, noch im Musikmachen noch im Gedichte schreiben hatte sie sich jemals ernsthaft geübt. Entsprechend unzufrieden war sie nun mit ihren zaghaften Versuchen. Beim Malen kam sie nicht über Strichmännchen hinaus. Beim Reimen fiel ihr nie mehr als „Herz" und „Schmerz" ein. Musikalische Versuche scheiterten zusätzlich zu ihrer Talentfreiheit an ihrer krankheitsbedingten

Geräusch-Überempfindlichkeit. Dann aber war Max mit seinen Elfchen aus der Grundschule gekommen. „Poesie für Anfänger" nannte es Kristin und übernahm es begeistert. In der ersten Zeile des Elfchens steht ein Wort, in der zweiten stehen zwei, in der dritten drei, in der vierten vier. Die fünfte Zeile fast das Geschriebene in einem Wort zusammen. Elf Worte, die dem Elfchen seinen Namen geben. Ihr erster Versuch sah so aus:

Krankheit
Blöde Schwäche
Was hilft mir?
Wo ist mein Platz?

Scheiße!

Tief im Inneren ahnte sie, dass das noch nicht die ganz große Kunst war. Aber sie hatte einen Weg gefunden, ihre Gefühle auszudrücken und zu sortieren. Die Elfchen schrieb sie in ein eigenes „Elfchenbuch". Da diese Sammlung nur für sie selbst künstlerischen Wert hatte, zeigte sie sie nicht einmal Katja. Aber die Zahl der Elfchen wuchs stetig.

Jetzt aber meinte Max zu ihr:

„Ach, so doll wartet meine Familie nicht auf mich! Bestimmt haben die noch nicht einmal gemerkt, dass ich nicht da bin. Außerdem wissen sie ja, wo ich bin."

Kristin fiel nichts ein, wie sie widersprechen könnte. Max Familie war in der Tat nicht gerade aufmerksam für ihren Sohn.

„Außerdem reden sie sowieso nur von dem Toten!"

Die Kommissarin wurde hellhörig. „Was reden sie denn so?"

„Dass der Mann so nett gewesen sei, und dass er mit seinem Bruder im Bussardweg diese tollen Kindernachmittage gemacht hat, und warum ich immer nur lese, anstatt mal dahin zu gehen und so was."

„Du könntest ja als verdeckter Ermittler hingehen", witzelte die Kommissarin und bereute es sofort, als sie Max leuchtende Augen sah.

„Wie die Detektive in meinen Büchern! Ob ich meine Lupe mitnehmen soll? Was ziehe ich an? Was genau soll ich rauskriegen? Wie verhört man den Bruder des Toten denn?"

Kristin Neven wurde nervös bei der Vorstellung, dass auch Max mit Mordermittlungen beginnen wollte. Sie hätte ihn gern wieder davon abgebracht. Aber sie kannte ihn inzwischen gut genug, um zu wissen, wann sie keine Chance hatte. Er würde hingehen, ob sie wollte oder nicht.

Dann ging sie lieber mit und hatte ein Auge auf ihn und die Situation.

So verabredeten sie sich, am nächsten Tag zum Kindernachmittag zu gehen. Sie würde sich als seine Tante ausgeben, und krankheitsbedingt bleiben.

In ihr Heft mit Elfchen schrieb sie abends:

Ermitteln!
Endlich wieder!
Sorge um Max
Hoffentlich geht alles gut!

Aufgeregt!

Etwa zeitgleich hatte Katjas Feierabend begonnen. Nun fuhr sie den Radweg entlang des Flüsschens Dreisam Richtung Littenweiler. Angeblich war dieser Weg ein Radschnellweg. Da er aber viel zu schmal war und von viel zu vielen Radfahrern genutzt wurde, und dort obendrein noch Fußgänger mit ihren Hunden spazieren gingen, war von Schnelligkeit keine Rede. Ständig wurde sie vom Gegenverkehr ausgebremst, ständig wurde sie überholt, egal ob die Breite des Weges das zuließ oder nicht. Katja fuhr, wie so oft in letzter Zeit, nach der Arbeit zu ihrem Onkel Hans ins Pflegeheim. Sein Zustand hatte sich verschlechtert, und sie ahnte, dass sie nicht mehr allzu viel Gelegenheit haben würde, Zeit mit ihm zu verbringen. Daher nutzte sie jede Chance, ihn zu sehen.

Unterwegs ging sie in Gedanken die Ergebnisse ihres Arbeitstages noch einmal durch. Viel war es nicht. Sie hatte mit sämtlichen anwesenden Arbeitskollegen und -kolleginnen des Mordopfers gesprochen. Und wieder war ihr der Verstorbene merkwürdig fremd geblieben. Er hatte sein Büro mit niemandem teilen müssen, und so genau konnten die Kollegen nicht erklären, was seine Aufgabe war. Aber sie waren sich alle sicher, dass es eine wichtige Aufgabe auf einer höheren Stufe der Hierarchie war. Katja kam das vertraut vor: je höher die Kollegen in der Hierarchie aufstiegen, desto weniger wusste sie, was genau sie eigentlich arbeiteten.

Der Vorgesetzte von Jakob Schäfer hatte versucht, ihr dessen Arbeit genauer zu erklären. Genutzt hatte es nichts. Sie hatte es nicht verstanden. Wichtiger war ihr im Moment: keiner hatte mit Jakob Schäfer näheren Kontakt gehabt, außer einem Kollegen. Der aber war gerade im Urlaub in Australien und weigerte sich im Urlaub grundsätzlich, ans Handy zu gehen oder Mails zu lesen. Streit hatte es auf der Arbeit keinen gegeben, dafür hätte Jakob Schäfer Kontakt zu Kollegen haben müssen. Auch am Arbeitsplatz waren, wie schon in der Wohnung, die privaten Gegenstände merkwürdig unpersönlich: Ein Kreuz, ein Bibelvers auf einer Postkarte, ein Heft mit Gebeten. Das allerdings sah so neu aus, als sei es noch nie benutzt worden. Wozu nimmt man sich solch ein Gebetsheft mit auf die Arbeit, wenn man es nicht benutzen will? Vielleicht war es nur für Notfälle da, aber die Arbeit lief so reibungslos, dass dieser Notfall nie eintraf? Oder diese Gegenstände waren einzig und allein dafür da, anderen zu vermitteln: „hier arbeitet ein gläubiger Mensch. Gläubiger als die anderen, gläubiger als Du."

Inzwischen war Katja in der Oberwiehre angekommen. Hier wurde der Radschnellweg etwas breiter, und Katjas Stress ließ deutlich nach. Diesen Teil des Weges mochte sie gern, vor allem jetzt, wo der Frühsommer einzog.

‚Es kann doch nicht sein, dass dieser Jakob Schäfer nicht mehr ist als ein mustergültiger Vorzeige-Christ', dachte sie noch immer über den Fall nach. ‚Vielleicht spreche ich noch mal mit seinem Bruder und dessen Familie. Bisher habe ich noch nichts Privates erfahren.'

Am Pflegeheim angekommen, versuchte sie alle Gedanken an den Fall abzuschütteln. Noch konnte sie mit ihrem Onkel Hans reden, konnte sie ihn im Rollstuhl mitnehmen. Aber alle wussten, dass er das Ende des Sommers nicht mehr erleben würde. Auch Hans war sich darüber im Klaren. Er nahm es gelassener als Katja.

„Wie war dein Tag?", begrüßte sie ihn.

„Schrecklich", antwortete er. „Die schieben mich immer zu dieser Seniorenbespaßung, und düdeln mich mit Volksmusik voll. Volksmusik! Wer alt ist, will Volksmusik hören. So einfach hat das hier zu sein. Aber ich hatte schon „Sex and drugs and rock'n roll" auf meinem Auto stehen, da waren die noch nicht einmal auf der Welt! Aber das geht in deren Köpfe hier nicht rein." Hans schnaubte verächtlich.

Katja lachte: „ich erinnere mich an das Auto! Du hattest es auch noch, als ich in der Grundschule war und endlich etwas lesen konnte. Ich stand davor und hab versucht, es laut zu lesen: S-E-X A-N-D D-R-U-G-S... Und dann hab ich euch gefragt, was das bedeutet"

Jetzt lachte auch Hans: „und meine spießige Schwester, deine Mutter, war so unglaublich verlegen deswegen und wusste überhaupt nichts dazu zu sagen. An ihr waren die 68er Jahre spurlos vorbei gegangen. Sie lebte den Muff der 50er Jahre einfach weiter."

„Und du?", fragte er Katja. „Hast du wieder zu viel gearbeitet?" Er schaute sie ernst an. „Brauchst es nicht zu sagen. Es war zu viel. Ich sehe es dir an."

In der Tat merkte ihr Onkel Hans immer schnell, wie es ihr ging, manchmal schneller als sie selbst. Und seit einiger Zeit hatte er beschlossen, sie bei jedem Besuch darauf anzusprechen, dass sie erschöpft aussah. Er traf damit ihren wunden

Punkt, von dem sie nichts hören wollte. Wie immer lenkte sie auch heute geschickt vom Thema ab, und so gerieten sie ins Quatschen, tauschten Erinnerungen an ihre gemeinsamen Reisen mit Hans Wohnmobil aus und lachten viel. Als Katja sich wieder auf den Heimweg machte, wurde es bereits dunkel. Ihre Wohnung hatte sie heute nur kurz beim Aufstehen und beim Zubettgehen gesehen.

Dienstag

Katjas Arbeitstag sah vor, die Bewohner des Hauses des Mordopfers zu befragen. Zu dieser Aufgabe hatte sie sich freiwillig gemeldet. Eigentlich hätte sie mit ihrem Dienstgrad solche Routinearbeiten nicht mehr zu erledigen brauchen. Aber es befreite sie davon, enger mit ihrem Vorgesetzten Nils Baumgart zusammenarbeiten zu müssen. Was immer man als Frau zu den Ermittlungen beitrug, er tat, als habe er es nicht gehört. Wenig später formulierte er das Gleiche noch einmal, diesmal aber als seine eigene Idee. Seit Kristin nicht mehr im Team war, und er die Leitung übernommen hatte, hatte Katja sich innerlich zurückgezogen, Dienst nach Vorschrift gemacht und die unbeliebten Aufgaben weit weg von ihrem Vorgesetzten übernommen.

Nun also klingelte sie sich gemeinsam mit Lisa-Marie, einer jungen Kollegin in Uniform, Wohnung für Wohnung durch das Hochhaus, in dem sowohl das Mordopfer Jakob Schäfer als auch ihre beste Freundin Kristin wohnten. Während viele Hochhäuser in Landwasser einen verwahrlosten Eindruck machten und von sozialen Problemen erzählten, waren die Hochhäuser am See in verblüffend gutem Zustand: sauber, die Klingeln funktionierten, die Briefkästen waren weder kaputt, noch quollen sie über. Auch die Fahrstühle wirkten, als könne man sie benutzen ohne stecken zu bleiben. Zwar sah man ihnen den Charme der

1970er Jahre an, aber sie wirkten gut in Schuss und gepflegt.

Katja und Lisa-Marie begannen ganz oben, im 11. Stock und wollten sich langsam nach unten durcharbeiten. Die ersten fünf Wohnungen hatten nicht viel ergeben. Wenn überhaupt jemand öffnete, hatte diese Person nichts gesehen und nichts gehört. Es sei noch recht frisch abends, da habe man das Fenster geschlossen gehabt. Man wohne in die andere Richtung. Man habe schon geschlafen. Nein, Kontakt zu Jakob Schäfer habe man nicht gehabt, er habe ja auf einer anderen Etage gewohnt. Man kenne ihn nur vom Sehen.

Katja seufzte, als sie an der nächsten Wohnung klingelte. Wenn das den ganzen Tag so weiter ginge, wäre der Tag fast noch unerquicklicher als mit Nils Baumgart zusammen arbeiten zu müssen. Nun klingelte Katja an einer Tür, die mit einem Blumenkranz aus Plastik verziert war. Die Fußmatte vor der Tür, die Tür selbst, der Rahmen, der Fußboden, alles war auffallend sauber. Hier schien ein Mensch zu wohnen, der gerne putzt.

Auf Katjas Klingeln hin hörte sie Bewegung in der Wohnung. Sie sah, dass sich hinter dem Türspion etwas bewegte.

„Wer ist da?", fragte eine weibliche Stimme.

Katja stellte sich und die Kollegin Lisa-Marie vor, hielt ihren Dienstausweis vor den Spion und sagte, warum sie gekommen seien. Die Tür öffnete sich einen Spalt, so dass Katja und Lisa-Marie die vorgelegte Sicherheitskette sehen konnten. Eine Hand streckte sich durch den Spalt:

„Zeigen Sie den Ausweis einmal her", klang es hinter der Tür hervor.

‚Wahrscheinlich hat sie das bei einer Präventionsveranstaltung der Polizei genau so gelernt', dachte Katja. Sie hielt ihren Dienstausweis durch den Spalt hindurch. „Gut", hörte sie. Dann schloss sich die Tür, die Kette und die Tür wurden geöffnet, und nun konnten Katja und ihre Kollegin die Bewohnerin der Wohnung sehen. Es war „Else Kling".

Die nächsten zwei Stunden saßen die beiden Polizistinnen fest. Else Kling hatte sie in ihr Wohnzimmer gebeten, das perfekt zum Eingangsbereich passte: penibel sauber, und über und über mit Plastikblumen und anderen Nippes übersät. Dort saßen die Drei nun, und Else Kling unterbreitete eine Theorie über den Mord nach der anderen. Sie ging von einem Täter aus, der nicht aus dem Hochhaus stammte. Denn die Bewohner des Hochhauses kannte sie alle, und alle seien ordentliche Leute, außer der Familie von Max. Die mache zwar sehr viel Dreck und die ganze Familie, vor allem die kleinen Kinder, sei oft sehr laut. „Aber deswegen ist man ja noch lange kein Mörder." Gesehen hatte Else Kling leider nichts, ihre Wohnung ging zur Straße heraus, und der

Mord war im hinteren Teil des Hauses geschehen. Sonst hätte sie ganz sicher etwas beobachtet. Sie beobachte nämlich alles, was im Haus so passiere, und notiere sich viel. Aber jetzt konnte sie mit keiner hilfreichen Beobachtung dienen. Über das Mordopfer wusste sie zu sagen, dass er „zu irgendeiner Sekte" gehört habe, mit seinem Bruder Kindernachmittage veranstaltet habe und „so ein guter Mensch" gewesen sei.

Es war schon Mittag, als es Katja und Lisa-Marie endlich gelang, sich zu verabschieden. „Jetzt möchte ich gern eine halbe Stunde Schweigen", meinte Katja im Flur zu ihrer Kollegin. So trennten sich beide. Lisa-Marie ging sich in der Pizzeria am See eine Pizza holen, Katja klingelte bei Kristin: „Ich habe gerade Else Kling befragt. Kann ich bei dir eine halbe Stunde meine Ruhe haben?" Kristin lachte: „Ruhe ist meine neue Kernkompetenz." So saßen die beiden Freundinnen schweigend auf dem Balkon in den frühsommerlichen Sonnenstrahlen und genossen die gemeinsam verbrachte Stille, bis Katja wieder weiter arbeiten musste. Ihre Arbeit würde ihr heute und die kommenden Tage weder Freude machen, noch neue Erkenntnisse bringen.

Am Nachmittag brachen Kristin und Max wie verabredet zur Kinderstunde der Familie Schäfer auf. Die begann im Wohnzimmer der Schäfers. Dieser Anfang sei nur für Kinder, die Kommissarin könne gern im Garten warten. Dort kämen die Kinder in spätestens einer halben Stunde ebenfalls hin. Es gäbe dann Kuchen für alle, Spiele, Bastelangebote und Trampolinspringen. So hatte Kristin Zeit durchzuatmen und sich die Umgebung in Ruhe anzusehen.

Die Landwasser Bungalows sahen entweder noch genau so aus, wie sie in den 1960er und 70er Jahren erbaut wurden, oder sie waren frisch renoviert im exakt gleichen Stil wie alle neuen Häuser europaweit. Nur der Bungalow der Schäfers passte nicht ins Bild. In Kisten, die wirkten, als seien sie in einem Upcycling-Workshop entstanden, wuchsen Kapuzinerkresse und Ringelblumen, Pflücksalat und Naschkräuter. Aus gebrauchten Euro-Paletten waren Sitzgelegenheiten gebaut worden, selbstgenähtes Tuch spendete Schatten. Alles strahlte diese ökologisch korrekte Spießigkeit aus, die in anderen Stadtteilen Freiburgs zum guten Ton gehörte, in Landwasser aber noch nicht oft vorkam,.

Acht Kinder und Jugendliche bauten im Garten das Kuchenbuffet und Mal- und Basteltische auf. Fünf von ihnen hatten auffallende Ähnlichkeiten miteinander und mit dem Ehepaar Johannes und Elisabeth Schäfer. Es waren ganz offensichtlich die Kinder des Hauses. Die Älteste hatte sich der Kommissarin mit Rahel vorgestellt und ihr einen Platz zum Warten gezeigt. Sie mochte vielleicht

17 oder 18 Jahre alt sein und gab den Jüngeren klare Anweisungen, auch wenn sie sie in liebevolle Worte packte. „Benjamin, sei so lieb, hol schnell die Saftgläser." Widerspruch schien nicht vorgesehen. Diese Kindernachmittage wurden offensichtlich im Familienbetrieb ausgerichtet.

Kurz bevor die teilnehmenden Kinder des Nachmittags in den Garten kamen, traten alle jugendlichen Hilfskräfte in einem Kreis zusammen. Sie standen eng beieinander und hielten sich bei den Händen. Einige schlossen die Augen. Was sie sprachen, konnte Kristin Neven nicht verstehen. Nur ab und an drangen einzelne Satzfetzen an ihr Ohr: „… dir zu Ehren… Herr, Jesus Christus … in unsere Mitte". Man betete für ein gutes Gelingen des Nachmittags.

Dann stürmten etwa dreißig Kinder aus dem Haus in den Garten. Nur ein Kind trödelte: Max. Anders als die anderen Kinder rannte er nicht auf die Kuchentheke zu. Er blickte sich verstohlen neugierig im Garten um, blinzelte der Kommissarin zu und tat weiter unauffällig. Ein echter Sherlock Holmes. Als sich eine „unauffällige" Gelegenheit ergab, trat Max an seine „Tante" heran und flüsterte ihr zu:

„mit denen stimmt was nicht! An der Familie müssen wir unbedingt dran bleiben. Ich beobachte sie weiter. Bis nachher!"

Die Kommissarin gab ihm Recht. Irgendetwas stimmte in der Familie nicht. Aber was? Sie waren nett und freundlich mit den Kindern. Auch ihre Frömmigkeit war zwar intensiver und deutlicher zur Schau gestellt als in so manchen anderen Familien. Aber auch das war es nicht, was Kristin irritierte. Sie kam nicht drauf, was sie so verwirrte.

Früher wäre sie als Teil der Mordkommission forsch ans Ermitteln gegangen, hätte die einzelnen Mitglieder der Familie befragt und eventuelle Verdächtige stundenlang verhört. Nun aber reichte ihre Konzentration maximal für ein Gespräch von einer Stunde. Der alte Weg zu ermitteln war ihr verschlossen. Statt dessen hatte sie gelernt genauer zu beobachten, genauer hinzuhören und auf Zwischentöne zu achten. Zumindest in der einen Stunde am Tag, die sie sich gut konzentrieren konnte, war sie eine bessere Beobachterin geworden. Den Preis zahlte sie die übrigen Stunden des Tages, wenn sie erschöpft auf dem Sofa lag.

Zunächst beobachtete sie den Bruder des Mordopfers, Johannes Schäfer . Der Mord war noch keine Woche her. Aber Johannes Schäfer benahm sich anders als sie es von jemandem erwartet hätte, der vor wenigen Tagen seinen Bruder durch einen brutalen Mord verloren hatte. In einem Moment wirkte er frei und erlöst, im nächsten, als schäme er sich für diese Gefühle.

Der Blick der Kommissarin wanderte zu Johannes'
Ehefrau Elisabeth Schäfer. Auch sie strahlte
keinerlei Trauer aus. In ihrer Laufbahn hatte
Kristin oft mit trauernden Menschen gesprochen.
Natürlich lachten auch Trauernde. Aber Kristin
fand immer, dass bei Trauenden die Augen nicht
mitlachten. In jeder Fröhlichkeit schwang immer
eine tiefe Traurigkeit mit. Es fehlte eine Art inneres
Strahlen. Nicht so bei den Schäfers. Auch
Elisabeth wirkte erlöst. Wenn sie mit den Kindern
lachte, lachte sie frei heraus. Auch sie schien sich
für diese Gefühle zu schämen. Aber bei ihr kam
noch etwas anderes dazu: wenn sich im Gesicht
ihres Mannes das Gefühl von Scham zeigte,
tauchte auf ihrem Gesicht ein Ausdruck auf, den
die Kommissarin lange nicht deuten konnte.
Sorgen spiegelten sich darin. Schließlich ahnte
Kristin, was in der Ehefrau vor sich ging: Elisabeth
Schäfer fragte sich, ob ihr Mann etwas mit dem
Mord an seinem Bruder zu tun haben könnte.

Den Kindern der Eheleute Schäfer schien der Tod
ihres Onkels gar nichts anzuhaben. Sie betreuten
die Kinder des Stadtteils wie professionelle
Kinderbespaßer, feuerten sie an, gaben Tipps
beim Basteln und freuten sich, wenn einem Kind
etwas gut gelungen war. Trauer zeigte keines der
Kinder. Ob der Tote, Jakob Schäfer, gar nicht so
sympathisch war, wie er als Nachbar gewirkt
hatte? Auf jeden Fall wollte die Kommissarin an
der Familie dran bleiben.

Frau Schäfer gesellte sich zu Kristin und verwickelte sie in ein Gespräch. Die Kommissarin nutzte die Gelegenheit, als Smalltalk getarnte Hintergrundrecherche zu beginnen. Beiläufig fragte sie, was die Familie antreibt, alle Kinder Landwassers einmal in der Woche zu Kuchenbuffet und Trampolinspringen einzuladen. Wie erwartet berichtete Frau Schäfer von göttlichem Auftrag. Sie wollten den Segen, den sie selbst empfangen hätten, an die Kinder des Stadtteils weitergeben. Dieser Aufgabe hätten sich alle Familienmitglieder verschrieben, auch die 3 Pflegekinder. Sie empfänden das als Pflicht vor dem Herrn. Außerdem sei es wichtig für die Kinder Landwassers, dass man ihnen den Glauben bringe.

Kristins Unbehagen verstärkte sich im Laufe des Gesprächs. Es wirkte auf sie, als seien diese Kindernachmittage nicht dafür da, gemeinsam mit den Kindern eine schöne Zeit zu verbringen. Sie dienten allein höheren Zwecken: „dem Herrn Ehre erweisen", „den Kindern den Weg im Glauben weisen". Das Ziel der Nachmittage war nicht erreicht, wenn es den Kindern gut ging, sondern wenn die religiösen Gefühle der Familie befriedigt waren. Kristin fand, dass die Kinder verzweckt wurden.

„Wir haben auch ein schönes Angebot für Erwachsene", meinte Frau Schäfer nun. „Wir treffen uns Mittwochs zur gemeinsamen

Gebetsstunde. Wollen Sie einmal dazu kommen?"
Die Kommissarin zögerte. Einerseits wäre das die
Gelegenheit, näher an die Familie heran zu
kommen. Andererseits ahnte sie, dass auch der
Gebetsabend vor allem dem Zweck diente, sich in
Religionsfragen auf der richtigen Seite zu wissen.
Als Schülerin hatte sie ein Jahr in Amerika gelebt
und konnte sich in etwa vorstellen, wie dieser
Gebetsabend aussähe.

„Ich bin krank und kann nur etwa eine Stunde an
so etwas teilnehmen. Dann wird es mir zu
anstrengend", gab sie zu bedenken.

„Das macht gar nichts! Die Gebetsstunde heißt so,
weil sie etwa eine Stunde geht!"

Die Kommissarin sagte zu, nicht ohne darauf
hinzuweisen, dass sie in Innenräumen mit
anderen Menschen Maske tragen und sich einen
Timer stellen würde, der nach 60 Minuten klingelt.
Dann habe sie noch maximal zehn Minuten sich
zu verabschieden. Das Ärgerliche an ihrer
Krankheit sei, dass man nach Hause müsse,
bevor es einem ganz schlecht gehe. Sie sah Frau
Schäfer an, dass sie nicht verstand, wovon Kristin
redete, und auch nicht glaubte, dass sie
tatsächlich einen Timer stellen würde. Aber Frau
Schäfer würde schon sehen. In diesen Punkten
hatte Kristin gelernt, sehr klar auf sich zu achten.
Eine Stunde mit mehreren anderen Menschen, die
auch noch redeten, das war das Äußerste, das
ihre Krankheit ihr zugestand. Und für einen

Gebetsabend war sie nicht bereit, die gefürchtete Zustandsverschlechterung nach Belastung in Kauf zu nehmen.

Auf dem Heimweg erzählte Max, was er im Wohnzimmer der Schäfers erlebt hatte: „Erst haben wir gesungen. Herr Schäfer, den alle nur Johannes nennen, hat Gitarre gespielt. Die Lieder waren eigentlich schön. Aber die hatten komische Texte. Entweder kam ganz viel Blut vor, oder es waren Liebeslieder für einen Herrn Zebaoth. Ich kenn den gar nicht." Kristin lachte. Woher sollte Max auch wissen, dass das ein Name für Gott war? Die beiden gingen langsam in Kristins Tempo den Bussardweg runter. Bungalows säumten rechts und links die Straße.

„Dann hat Johannes eine Geschichte erzählt von einem, der gestorben ist und nach dem Tod vor einem Richter stand. Ich hab nicht genau verstanden, wieso der noch stehen kann, wenn er tot ist. Ich hab auch nicht so genau zugehört. Ich hab lieber Johannes beobachtet. Der sah so aus, als ob er sich total freut, wenn einer vor den Richter kommt. Der sah aus, als denkt er: „das geschieht ihm Recht." Der tut so nett und lädt uns alle in seinen Garten ein. Aber dann freut er sich, wenn einer vor den Richter kommt und bestraft wird. Das passt nicht." Wieder gab Kristin ihm Recht. In dieser Familie begegnete ihnen eine spezielle Frömmigkeit, die nicht stimmig war.

Diese Frömmigkeit hatte etwas Überhebliches, blickte auf alle anderen herab.

„Und zum Schluss sollten wir noch in unser Herz gucken, ob da alles in Ordnung wäre. Hast du schon mal in dein Herz geschaut? Ich nicht. Ich weiß gar nicht, wie das geht. Dann haben alle ernst geschaut. Das hab ich einfach nachgemacht. Dann haben wir noch mal das Liebeslied für den Herrn Zebaoth gesungen und sind in den Garten."

Inzwischen bogen die Beiden vom Bussardweg in die Auwaldstraße ein. Nun lagen nur noch auf der rechten Straßenseite kleine Bungalows, während auf der linken Hochhäuser standen. „Du, Kristin, wenn dein Bruder grad gestorben wäre, würdest du dann nicht lieber weinen als Geschichten über Richter erzählen?" Genau das Gleiche hatte Kristin sich auch gefragt.

Mittwoch

Am nächsten Abend erschien Kristin Neven pünktlich zur „Gebetsstunde". Sie hatte sich seit ihrer Krankheit angewöhnt, auf die Minute genau zu kommen. So verbrauchte sie keine Energie fürs Warten, eigentlich. Aber wenn, wie an diesem Abend, die Gruppe auf andere warten musste, nutzte ihr die eigene Pünktlichkeit nichts. Gewartet wurde auf Familie Fischer, Mutter und Sohn. Die Wartezeit nutzte die Runde, sich der Kommissarin vorzustellen: Man war per Du, schließlich gehörte man gemeinsam zu den wenigen Auserwählten des Herrn. Johannes und Elisabeth Schäfer kannte Kristin schon. Von den fünf eigenen und den drei Pflegekinder waren nur die großen dabei: Rahel und Noah, die beiden ältesten Kinder der Schäfers, und Nico, das älteste der Pflegekinder. Brigitte Blanck kannte sie ebenfalls vom Sehen. Auch sie wohnte in Kristins Hochhaus und gehörte zu den Vorruhestands-Damen, die morgens mit ihren Liegestühlen auf die große Wiese an den Landwasser Baggersee Moosweiher gehen und ihn erst abends wieder verlassen. Sie strahlte eine gewisse Heiligkeit aus und passte damit gut in die Familie Schäfer. Thomas Schobert kannte sie nicht. Er schien etwa ihr Alter zu haben und war ebenfalls in Vorruhestand, sagte aber nicht, warum. Er wirkte sympathisch und merkwürdig fremd in der Runde. Die Kommissarin fand, er sei nicht der Typ für eine Gebetsstunde, die von einer religiös übereifrigen Familie ausgerichtet wird. Und je länger sie ihn beobachtete, desto sicherer war sie sich: Er fand ebenfalls, dass er nicht der Typ für diese Gebetsstunde war. Warum aber war er dann hier? Und das bereits seit einem halben Jahr, wie er erzählte? Da er ebenfalls in einem der Hochhäuser am See wohnte, hoffte die Kommissarin, ihn zufällig einmal zu treffen und mit ihm ins Gespräch zu kommen. Er, und mit Abstrichen auch Brigitte Blanck, schienen die Einzigen zu sein, die den Verstorbenen Jakob Schäfer vermissten.

Als Familie Fischer endlich kam, staunte die Kommissarin nicht schlecht: sie wohnte direkt neben ihnen auf dem gleichen Stock, Tür an Tür. Aber bisher waren sie über den Austausch von kurzen Begrüßungen nie hinaus gekommen. Tobi, der Sohn, war Anfang 20, ein verhuschter Junge, der seinen Platz in dieser Welt definitiv noch nicht gefunden hatte. Irgendetwas passte in ihm nicht zusammen. „Else Kling" erzählte regelmäßig, dass er „schon wieder" im Zentrum für Psychiatrie in Emmendingen sei, drückte sich dabei aber deutlich robuster aus. Tobis Mutter Melanie wirkte, als habe sie nur ein Lebensziel: ihrem Sohn beizustehen. ‚Kein Wunder, dass er nicht auf die Beine kommt. Er nähme seiner Mutter ja den ganzen Lebenssinn!', schoss es der Kommissarin durch den Sinn.

Die Runde war komplett: fünf Personen brachte allein die Familie Schäfer zusammen, Brigitte Blanck, Thomas Schobert, die beiden Fischers und die Kommissarin. Die Gebetsstunde konnte beginnen. Sie begann damit, dass jeder sein Gebets-Anliegen kurz formulierte. Für Kristin eine peinliche Situation, denn ihr eigentliches Anliegen waren Ermittlungen im Mordfall Jakob Schäfer. Außerdem erlebte sie durch ihre Krankheit so wenig, dass ihr auf die Schnelle nichts einfiel zum Beten. So erzählte sie kurz von ihrer Krankheit, von den Schmerzen, wenn sie sich übernahm, und davon, wie anstrengend es war, sich jeden Tag neu auszubremsen und bereits vor der Erschöpfung Pausen einzulegen. Zuletzt berichtete sie noch von Ärzten, die meinten, wenn ihre heutigen diagnostischen Möglichkeiten nichts brachten, seien die Probleme eingebildet. Schon während sie erzählte, sah sie den Gesichtern der Anwesenden an, dass die Hälfte von ihnen ähnlich dachte.

Sie horchte genau hin, was die Anliegen der anderen waren. Die Mitglieder der Familie Schäfer hofften auf Erweckung und Bekehrung für Landwasser, auf dass ihre Arbeit in der Mission nicht umsonst sei, und der Herr mit Wohlgefallen auf ihr Werk blicke. Dass der Samen des Glaubens bei den Kindern Landwassers aufginge und die Kinder Landwassers den Glauben in ihren Familien ausbreiten. Bei Brigitte Blanck ging es um Liebe, die sich ausbreiten möge. Die

Kommissarin ahnte, dass es weniger um das weltweite Miteinander ging, als vielmehr darum, dass sich Frau Blanck ganz handfest nach einem Mann sehnte. Herr Schobert formulierte wage, er sehne sich danach, dass in der Welt Gerechtigkeit herrschen möge. Stutzig wurde die Kommissarin bei Nico, dem Pflegekind. Er bat die Anderen provokativ um Gebet dafür, dass er möglichst bald sein eigenes Leben leben könne und der Familie Schäfer nicht mehr zur Last fallen müsse. Nico passte offensichtlich nicht in die ansonsten so heile Welt der Schäfers. Die Kommissarin schätzte, dass es bis zur Volljährigkeit nicht mehr lange dauern würde. Seine Gebete würden also bald auf natürliche Weise erhört. Aus den Gebetsanliegen von Mutter und Sohn Fischer wurde Kristin Neven nicht schlau. Tobi blickte verschämt zu Boden und murmelte nur: „ihr kennt ja mein Problem."

„Merkwürdig", dachte Kristin, „niemand hat das Gebetsanliegen formuliert, dass der Mörder von Jakob Schäfer gefasst wird."

Bis das Gebet begann, war die erste halbe Stunde schon vorbei. Dass die Stunde der Kommissarin nicht reichen würde, ahnte sie schnell. Die Gruppe begann ihr zu Ehren, da sie das erste Mal da war, mit ihren Anliegen. Fast jeder sprach ein längliches, frei formuliertes Gebet. Normalerweise fand Kristin Gebete schön. Nicht, dass sie selbst oft betete. Aber ihre Großmutter hatte oft mit ihr gebetet, das hatte ihr immer sehr gefallen. Und wenn andere beteten, war sie oft positiv angesprochen.

Hier aber war Beten anders: als ginge es darum, durch die Gebete bei Gott gut dazustehen. Alle beteten das Gleiche in anderen Worten. Die Kommissarin dachte sich, der liebe Gott habe doch bestimmt schon das erste Gebet gehört und brauche nicht zehnmal das Gleiche zu hören. Zudem legte Rahel, die Tochter der Schäfers, die direkt neben ihr saß, ihre Hand auf Kristins Schoß, damit sie die Kraft des Gebets besonders spüren könnte. Kristin Neven fand diese Geste, wie die ganze Art zu beten, übergriffig. Nun aber beteten alle:

„Gib unserer Schwester Kristin ihre Kraft zurück"

„Du kannst heilen und Wunder wirken. Wirke es!"

„Lass sie erkennen, dass sie stark ist"

„Gib ihr das Vertrauen, dass du sie heilen willst."

Kristin wunderte sich, woher manche Menschen so genau wussten, was Gott vorhat. Woher wussten alle, dass er an ihr ein Heilungswunder wirken wollte? Und woher wussten sie, ob sie so ein Wunder überhaupt wünschte? Aber wahrscheinlich fanden die Anwesenden Kristins Wünsche gar nicht entscheidend. Die hatten sich dem „Herrn" unterzuordnen. Sie selbst hielt es mit ihrem Glauben gut protestantisch wie mit ihrer

Haftpflichtversicherung. Sie war überzeugt davon, dass es gut sei Glauben und Haftpflichtversicherung zu haben. Aber wenn sie eines der beiden mal brauchen würde, müsste sie erst einmal tief suchen, wo genau sie sie abgelegt hatte.

Bis die Gebete für sie gesprochen waren, kribbelten bereits die Nerven ihrer Beine. Das erste Warnzeichen ihrer Krankheit. Nun aber begannen die Gebete für Nico. Da sie unbedingt wissen wollte, wie die Familie auf die provokativen Bitten ihres Pflegesohnes reagierten, beschloss sie, noch mindestens so lange zu bleiben, bis es auch in ihren Armen kribbelte.

Der Familienvater begann: „Vater im Himmel, du weißt, welchen langen Weg Nico genommen hat, bis er bei uns ankommen durfte. Du kennst seine ganze Geschichte. Und du weißt, warum er sich noch nicht ganz auf seinen Platz einlassen kann, den du ihm nun bei uns geschenkt hast." Er wünsche Nico, dass Gott ihm das Herz öffne, sich in seiner Pflegefamilie willkommen zu fühlen und sie als sein Zuhause zu akzeptieren. Die Kommissarin hörte die unterschwellige Botschaft mit, dass Nico sich dafür bitte den Wünschen seiner Gastfamilie anpassen möge, vor allem den religiösen. Es waren als Gebete getarnte Botschaften an Nico: so und so hatte er zu sein, das sei immerhin Gottes höchst persönlicher Wille. Jeder Widerstand gegen die Regeln seiner

Pflegefamilie klang in den Gebeten wie Aufstand gegen Gott. Kristin hätte sich an Nicos Stelle ebenfalls verschlossen und sich nach einem eigenständigen Leben gesehnt. Nico wirkte während des Gebets angespannt. Er unterdrückte seine Emotionen nur sehr mühevoll. Man sah ihm an, dass er am liebsten aufgesprungen wäre und gebrüllt hätte. Sie traute ihm durchaus zu, die Beherrschung zu verlieren. Ob er unbeherrscht genug war, jemanden zu ermorden?

Als die peinlichen Gebete für Nico endlich vorbei waren, wollte die Kommissarin eigentlich die Gelegenheit nutzen, sich zu verabschieden. Inzwischen hatte das Kribbeln nicht nur die Arme erreicht, sondern auch den Kopf. Nun hatte sie es definitiv eilig, wollte sie den nächsten Tag nicht komplett im Bett verbringen. Aber ehe sie sich's versah, hatte schon das Gebet für Tobi begonnen, und es wäre ihr peinlich gewesen, es zu unterbrechen. So hoffte sie, wenigstens noch zu erfahren, was genau Tobi so sehr belastete, dass er es nicht einmal aussprechen konnte.

Wieder begann der Hausherr. Wieder begann er damit, Gott mitzuteilen, was er schon wisse: „Herr, du kennst die Sorgen und Probleme von Tobi. Du weißt, wie es um ihn steht. Du weißt, wie sehr er leidet, wie sehr er angefochten ist." Für Kristin war es immer ein Rätsel, warum Menschen Gott mitteilten, was er wisse. Endlich schien der Hausvater kurz davor, das Problem des Jungen auszusprechen. Da piepste es aus der Tasche der Kommissarin. Es war der Timer, den sie sich auf ihrem Handy eingerichtet hatte, um vor der Symptomverschlechterung nach Hause zu gehen. Die andächtige Stille war zerstört, der Moment verflogen. Heute würde sie nicht mehr erfahren, was Tobi so sehr quälte. Aber sie wusste, dass es sich lohnen würde, wiederzukommen.

Sie entschuldigte sich, dass sie gehen müsse, und bat darum, nächste Woche wiederkommen zu dürfen. Das Gebet habe ihr gut getan, log sie, sie sei nun schon etwas kräftiger. Man konnte der Gruppe anmerken, dass ihre Mitglieder im Konflikt waren. Einerseits störte die Kommissarin mit ihrem Timer und ihrer womöglich nur eingebildeten Krankheit. Andererseits tat es gut, von ihr zu hören, wie das eigene Gebet Wirkung entfalte. Vielleicht könnten sie an ihr ein Wunder wirken? Schließlich siegte die religiöse Eitelkeit. Die Kommissarin wurde herzlich eingeladen, auch wenn sie einen Timer dabei hatte.

Auf dem Heimweg atmete sie tief durch.

Donnerstag

„Ich hab ihn ja immer ein wenig bewundert", erzählte Brigitte Blanck.

Kristin hatte sie „zufällig" am Moosweiher getroffen. Für diesen Zweck hatte sie sich am späten Vormittag aufgemacht und war in ihrem langsamen Tempo an den See gegangen – einatmen bis tief in den Bauch, Luft anhalten, langsamer ausatmen. Der Weg war nicht weit. Zwischen ihrem Hochhaus und dem Moosweiher lag nur eine große Liegewiese. Jetzt, am Vormittag, gehörte der See noch den Landwasseranern. Erst nachmittags füllte sich der See mit Gruppen junger Menschen, die mit Fahrrädern oder der Straßenbahn aus anderen Stadtteilen Freiburgs anreisten. Nun, im warmen Frühsommer, kamen bereits die ersten Senioren und Seniorinnen wieder von ihrer morgendlichen Schwimmrunde im See zurück. Hunde liefen frei über die großen Wiesen. Mehrere Schulklassen aus den umliegenden Schulen hatten den Unterricht an den See verlegt. Die Grundschulklassen belagerten den Spielplatz. Die Werkrealschulklassen machten „Teambuilding" auf der Wiese. Zumindest bemühten sich die Erwachsenen darum. Die Jugendlichen zeigten mehr Interesse an ihren Handys als an Teambuilding. Es war also das gewohnte Bild. So sah es jeden Morgen am Moosweiher aus.

Die Kommissarin hatte sich gleich zuhause einen Badeanzug angezogen und war direkt im Badeanzug an den See gegangen. In Landwasser machten das viele so und gingen leicht bekleidet durch den halben Stadtteil. So kam Kristin „ganz unabsichtlich" an Brigitte Blanck vorbei und begann einen kleinen Smalltalk mit ihr. Nach fünf Minuten setzte sie sich auf ihr Handtuch und lenkte das Gespräch auf den Gebetsabend, die dazu gehörigen Menschen und den ermordeten Jakob Schäfer. Brigitte Blanck stand gern Rede und Antwort. Jakob Schäfer sei es gewesen, der sie in die Gruppe geführt habe. Er sei so ein bewundernswerter Mensch gewesen. Am meisten habe sie beeindruckt, wie er mit seinem kaputten Bein umging, wie tapfer er die Behinderung ertrug. „Es war übrigens sein Bruder Johannes, dem er sie verdankte! Die beiden waren damals junge Leute. Johannes war gerade volljährig, Jakob noch nicht. Johannes hatte frisch den Motorrad-Führerschein und nahm seinen Bruder mit. Johannes war in einer sehr angeberischen Lebensphase, daher fuhr er besonders rasant. Er hatte wohl auch Spaß dran, die Angst seines Bruders zu spüren und ist auch deswegen absichtlich viel zu schnell gefahren. Das Ende vom Lied war, dass Jakob sein linkes Bein fast verloren hatte, es sein Leben lang hinter sich her zog und immer wieder von schweren Schmerzen geplagt war. Aber er hat seinem Bruder vergeben.

Immer wieder. Einmal war ich selbst dabei, in der Gebetsstunde. Mich hat das sehr bewegt."

Nachdem sie die Frömmigkeit der Familie Schäfer am gestrigen Abend kennen gelernt hatte, konnte sie sich diese Vergebung in der Gebetsstunde lebhaft vorstellen. Wahrscheinlich hatte Jakob in einem Gebet gesagt: „Herr, ich danke dir, dass du mir jeden Tag neu die Kraft gibst, meinem Bruder zu vergeben – obwohl ich doch tagtäglich solche Schmerzen im Bein habe." Das sagte sie aber nicht laut. Schließlich wollte sie bei Brigitte Blanck den Eindruck erhalten, der gestrige Abend sei genau das gewesen, was ihr Glaube brauche.

„War denn das verletzte Bein öfter Thema?", fragte sie Brigitte Blanck.

„Eigentlich nur, wenn es um das Thema Vergebung ging", erwiderte diese.

In Kristins Konfirmationsunterricht hatte das Thema „Vergebung" einen breiten Raum eingenommen. Die Vermutung lag also nahe, dass es auch in der Familie Schäfer öfter vorkam. Sie malte sich aus, wie es Johannes innerlich gequält haben muss, immer und immer wieder an seine Schuld erinnert zu werden – auch wenn sie ihm zumindest vordergründig vergeben wurde.

Während Brigitte Blanck redete, bemerkte Kristin zweierlei. Einerseits schimmerte in allem, was sie sagte, eine gewisse Verliebtheit zu dem

Mordopfer durch. Andererseits schwang ein merkwürdiger Unterton mit, den Kristin lange nicht zu deuten wusste. Als sei Brigitte Blanck gleichzeitig verliebt und bitter enttäuscht. Ob er diese Liebe robust verschmäht hatte? Lag hier ein Mordmotiv?

Als Kristin langsam zurück nach Hause ging, tief einatmend und noch tiefer ausatmend, sah sie, dass auch Max' Schulklasse einen Ausflug zum See gemacht hatte und den Spielplatz bevölkerte. Während seine Klassenkameraden rutschten und die Vogelnestschaukel enterten, saß er nachdenklich auf genau der Bank, auf der sich Kristin und er vor einem halben Jahr kennen gelernt hatten. ‚Worüber er wohl nachdenkt?', fragte sich Kristin.

Er dachte über Religion nach. So richtig viel verstand er davon nicht. In seiner alten Schule in Thüringen ging praktisch niemand in den Religionsunterricht. Die wenigen Kinder, die Religion hatten, wurden von den anderen meist mitleidig angesehen – mussten sie doch länger in der Schule bleiben. Nun, in Freiburg-Landwasser war das anders. Nur wenige Kinder hatten gar keinen Religionsunterricht. Es gab so viele verschiedene Arten Religionsunterricht, dass er anfangs Mühe hatte, sich die Namen zu merken: vangelisch? Vangolisch? Inzwischen kannte er die drei Arten des Religionsunterrichts an seiner Schule: islamisch, evangelisch und katholisch.

Grob hatte er verstanden: wenn Jesus Christus vorkommt, ist es evangelisch oder katholisch, und bei den Muslimen ist Mohammed wichtig. Eigentlich kamen in seiner Klasse alle gut miteinander aus, egal ob mit oder ohne Religion, und egal welche Religion. Nur einer erklärte alles, wozu er keine Lust hatte, einfach für „haram". Und wenn etwas „haram" war, war es für ihn verboten. Alles, was mit Jesus Christus, Kirche und evangelisch und katholisch zu tun hatte, war für ihn grundsätzlich „haram", genauso wie alles, was ihn störte. Aber just dieser Klassenkamerad war vorgestern bei den Schäfers auf dem Kindernachmittag gewesen, und fand dort nichts „haram". Darauf konnte sich Max keinen Reim machen. Denn er hatte den Eindruck, dort sei es viel mehr um Jesus Christus gegangen, als er es je von seinen evangelischen und katholischen Klassenkameraden mitbekommen hatte. Ein bisschen beschlich Max der Verdacht, dass Jesus Christus nur dann „haram" war, wenn es dabei keinen Kuchen und keinen Trampolin gab.

Freitag

Katja und ihre junge Kollegin Lisa-Marie hatten sich in den vergangenen Tagen bei ihrer Hausbefragung von der elften zur fünften Etage herunter gearbeitet. In der sechsten Etage hatten sie gestern Max Familie kennen gelernt, ermittlungstechnisch erfolglos. Aber Katja verstand nun, warum er lieber bei Kristin war. Als sie und ihre Kollegin geklingelt hatten, war nur Max' Mutter mit den zwei jüngsten Kindern zuhause. Aber schon diese drei konnten einen Lärm machen, dass sich Katja wünschte, sie hätte die LongCovid-Ohrstöpsel ihrer Freundin Kristin in den Ohren.

Heute wollten Katja und Lisa-Marie im fünften Stock weiter machen. Es war schon zehn Uhr morgens, denn sie hatte vor Beginn ihrer Befragungen noch an einer Sitzung im Kommissariat teilnehmen müssen. Unter anderem gab es die wenig überraschenden Ergebnisse der Pathologie: Jakob Schäfer war an den Verletzungen des Messers gestorben. Jetzt also standen die Beiden im fünften Stock.

In zwei Wohnungen hatten sie niemanden angetroffen, in einer dritten Wohnung habe man vom Mord erst hinterher etwas mitbekommen. Gerade hob Katja die Hand zur nächsten Klingel, da öffnete sich die Tür von innen. In der Tür stand Brigitte Blanck, bereit für einen neuen Tag am

See. Ein großer, weißer Strohhut bedeckte ihren Kopf. Gekleidet war sie in einem etwas altmodischen, geblümten Badeanzug, um ihre Schultern lag ein riesiges, knallrotes Badehandtuch. In der Hand hatte sie das Gestell eines Einkaufstrolleys, von dem die Einkaufstasche entfernt war. Statt dessen war auf dem Gestell nun eine Liege festgebunden und eine größere Strandtasche, darin verstaut vermutlich Bücher, Sonnenmilch, Anziehsachen und was man sonst noch so als Dame von Welt für einen Tag am See braucht. Es war unschwer zu erkennen, dass Brigitte Blanck gerade zum See aufbrechen wollte. Entsprechend kurz angebunden reagierte sie auf Katjas Befragungen.

Und doch spürte Katja schnell, was am Tag vorher auch Kristin vermutet hatte. Diese Frau war beides: schwer verliebt und tief verletzt. Beides versuchte sie vor der Kommissarin zu verbergen. Aber immerhin erlebte Katja zum ersten Mal einen Menschen, der echte Gefühle und Regungen für das Mordopfer zeigte. Enttäuschte Liebe gehörte in der Mordstatistik durchaus zu den wichtigen Mordmotiven. Und doch tat sich Katja schwer, sich diese Dame im geblümtem Badeanzug und Sonnenhut als wutschnaubende Mörderin vorzustellen. Trotzdem wollte sie sie im Auge behalten.

Der Rest der Befragungen verlief ebenso erfolglos wie die Tage vorher. Bis runter in die dritte Etage hatte niemand etwas gesehen und gehört. Montag würden sie noch die letzten zwei Etagen befragen, dann müssten sie sich eine neue Aufgabe suchen, weit weg von ihrem Vorgesetzten.

Abends saßen Katja und Kristin je in ihrer eigenen Wohnung und dachten an früher. Vor Kristins Erkrankung waren sie Freitags abends grundsätzlich miteinander unterwegs, im Kino, auf irgendeiner Ü40-Party, in einem Konzert in Jazzhaus. Jetzt aber war Kristins Gesundheit meilenweit von so einem Abend wie früher entfernt. Wenn sie mit der Straßenbahn in die Innenstadt führe, wäre sie schon überfordert, bevor sie auch nur den Bertholdsbrunnen in der Innenstadt erreicht hätte: der Lärm, die vielen Menschen, das Geruckel, die blinkenden Lichter – all das konnte sie nicht mehr verarbeiten.

Kristin sehnte sich nach einem ausgedehnten Partyabend mit ihrer Freundin. Seit dem Mordfall vor ihrer Wohnung hatte sie so viele Menschen getroffen wie seit Monaten nicht. Wochenlang hatte sie nicht viel mehr Menschen getroffen als Katja und Max. Die vergangenen Tage aber hatten sie am Leben schnuppern lassen, hatten sie an ihr früheres, aktives Leben erinnert. Nun spürte sie, wie sehr ihre Seele den Kontakt zu anderen Menschen vermisste. Und gleichzeitig rebellierte ihr Körper bereits jetzt gegen die neue Belastung. Für ihn fielen die letzten Tage unter Schwerstarbeit, und er reagierte mit extremer

Erschöpfung. Dieser Kontrast zwischen dem Leben, nach dem sich ihre Seele sehnte, und der Ruhe, die ihr Körper verlangte, war nur schwer auszuhalten. Oft versuchte Kristin, ihn zu ignorieren. Aber freitags abends wollte sie einfach nur ihr altes Leben zurück und mit Katja um die Häuser ziehen. Und diesen Freitag litt sie noch mehr als sonst unter ihrer Krankheit. Sie wollte endlich wieder am Leben teilnehmen.

Auch Katja wollte das alte Leben zurück, sehnte sich danach, mit Kristin auszugehen. Aber allein zog sie nicht los. Ohne Kristin fehlte ihr der Antrieb. Nun saß sie in ihrer Altbauwohnung im Sedanviertel und fühlte sich leer. Durch das Fenster drangen die Stimmen derer, die vor der Disko vorglühten. Es kam ihr alles so unwirklich vor, die Party vor ihrem Haus, sie allein zuhause, ihre Freundin krank in Landwasser. LongCovid hatte nicht nur Kristins Leben aus der Bahn geworfen, auch Katjas. Heute überkam sie deswegen eine tiefe Schwermut. „Schon merkwürdig", dachte sie, „ich habe einen gesunden Körper und werde von meiner schwermütigen Seele ausgebremst. Und bei Kristin ist es genau umgekehrt. Ihre gesunde Seele wird von ihrem kranken Körper ausgebremst."

Samstag

„Was hat die Obduktion eigentlich zu Jakob Schäfers Bein ergeben?", fragte Kristin am Samstag ihre beste Freundin Katja. Die schaute irritiert von ihrer Kaffeetasse hoch.

„Vom Bein?"

„Jakob Schäfer hinkte sehr stark. Er zog das linke Bein hinter sich her und litt starke Schmerzen. Es muss ein Unfall in jungen Jahren gewesen sein, an dem sein Bruder Johannes Schuld hatte."

„Merkwürdig. Wir haben gestern über die Ergebnisse der Obduktion gesprochen. Da kam keine Beinverletzung vor. So wie du es beschreibst, hätte das Thema sein müssen, oder?"

„Vielleicht hat die Pathologin gedacht, bei der Todesursache ‚Messer im Bauch' spiele ein kaputter Fuß keine Rolle? Aber das Hinken hat Jakob Schäfer wehrloser gemacht. Er konnte nicht wegrennen. Insofern wäre es wichtig gewesen."

Katja versprach, noch einmal nachzuhaken.

„Was habt ihr inzwischen ermittelt?" fragte Kristin so unschuldig, wie sie konnte.

„Ich bin mit der Befragung deines Hauses bald durch. Bisher war das eine unnütze Fleißarbeit. Die Meisten kannten Jakob Schäfer nur flüchtig und fanden ihn nett und höflich. Spannend war das Gespräch mit Brigitte Blanck. Sie wirkte gleichzeitig verliebt und verärgert und zeigte starke Emotionen. Aber irgendwie traue ich so einer frühpensionierten Liegestuhlliegerin keinen solch brutalen Mord zu. Ich sehe noch kein Motiv.

Die Kollegen haben versucht, seinen letzten Abend zu rekonstruieren. Wir wissen, dass er um acht Uhr abends bei seinem Bruder zur ‚Gebetsstunde' war. Die Familie hat ausgesagt, er habe von dort gegen halb zehn nach Hause gehen wollen. Ermordet wurde er aber erst fast zwei Stunden später. Was hat er dazwischen getan? Von diesen bald zwei Stunden wissen wir fast nichts. Nach den Daten seines Fitness-Trackers ist er nicht gleich nach Hause, sondern noch einmal um den See gegangen. War er dabei alleine oder hat er jemanden getroffen? Wenn ja, wen und warum? Laut Tracker hat er am Abend mehrfach sehr hohen Puls gehabt, vielleicht hat er sich aufgeregt: Während der Gebetsstunde, auf dem Heimweg auf Höhe der Pizzeria, etwa eine Stunde vor seinem Tod, das war auf der anderen Seite des Sees bei der Halfpipe. Und dann noch zweimal praktisch unter deinem Balkon: fünfzehn Minuten vor dem Mord und die letzten Augenblicke seines Lebens. Nur für den letzten hohen Puls haben wir eine schlüssige Erklärung: Da stand ein wutschnaubender Mensch mit einem sehr großen Küchenmesser vor ihm. Der Todeszeitpunkt ist um 23.18 Uhr. Laut GPS-Daten muss er die letzten gut 20 Minuten quasi unter deinem Balkon gewesen sein.

Was hat den Puls so in die Höhe getrieben? Die Mitglieder der Gebetsstunde behaupten, es sei eine Stunde wie jede andere gewesen. Sie findet bei dir um die Ecke statt. Kennst du sie?"

Kristin wäre es lieber gewesen, nichts von ihren Privatermittlungen zu erzählen. Nach den langen Monaten ihrer Krankheit machte sich Katja immer schnell Sorgen um ihre Freundin. Am liebsten hätte Katja sie in Watte gepackt. Natürlich konnte man sich mit dem chronischem Fatigue-Syndrom ME/CFS auch zu wenig bewegen. Aber Katja kannte ihre Freundin gut genug um zu wissen: Bei Kristin war dieses Problem nur ein theoretisches. Kristin steckte so voller Lebenslust, wollte so viel erleben und erledigen, da neigte sie schnell dazu über die engen Grenzen der Krankheit hinaus zu gehen. Aber bei dieser Krankheit schadet jedes zu viel. Kristin musste daher immer eher gebremst als angetrieben werden.

Nun aber erzählte Kristin ihrer Freundin doch von der ‚Gebetsstunde', zumindest von dem Teil, den sie miterlebt hatte. Genau als sie erzählte, wie im entscheidenden Moment der Timer piepste und den Moment zerstörte, klingelte auch Katjas Timer. Ihre gemeinsame Stunde war um. Alles andere würden sie sich als Nachrichten auf dem Handy mitteilen.

Montag

„Hat denn wenigstens die Hausbefragung irgendetwas ergeben?", fragte Nils Baumgart in der Runde des Kollegiums. Er wurde langsam nervös, weil sie noch keinen Schritt weiter gekommen waren. Immerhin stand er unter enormem Druck, hatte er doch überall verkündet, der bessere und erfolgreichere Chef zu sein als Kristin es war. Nun waren schon 10 Tage vergangen, und sie hatten im Grunde noch nichts. Arbeitskollegen, Familie, Nachbarn, keiner hatte irgendetwas Hilfreiches zur Auflösung des Falles beigetragen. ‚Aber was nutzt der beste Chef, wenn seine Untergebenen nichts schaffen?', dachte er.

„Frau von Berg? Irgendeine heiße Spur entdeckt?", blaffte er Katja an. Normalerweise benutzte niemand um sie herum das „von" in ihrem Namen, nur ihr Chef, wenn er sie von versammelter Mannschaft vorführen wollte.

„Eine Nachbarin hat erzählt, der Tote habe stark gehinkt. Im Obduktionsbericht kam davon nichts vor. Wir sollten in der Pathologie noch einmal nachhaken, warum sie es nicht erwähnt haben. Die Frage ist aus zwei Gründen wichtig. Zum einen scheint es, als habe der Bruder Schuld an dem zerstörten Bein. Alte Schuldfragen bergen oft ein Motiv. Und zum anderen hat dieses Bein das Opfer wehrlos gemacht. Er konnte nicht fliehen."

Nils Baumgart rollte demonstrativ mit den Augen, verschränkte die Arme vor der Brust und rief:

„Das Ergebnis tagelanger Arbeit! Ein bisschen Hinken!".

Dann ging er die anderen Arbeitsbereiche durch. Am Ende der zwei Stunden Besprechung erklärte er:

„Ich werde noch einmal mit der Pathologie wegen des kaputten Beines sprechen. Diese Frage halte ich aus zwei Gründen für wichtig: Zum einen scheint es, als habe der Bruder Schuld an dem zerstörten Bein. Alte Schuldfragen bergen oft ein Motiv. Und zum anderen hat dieses Bein das Opfer wehrlos gemacht. Er konnte nicht fliehen."

‚Eine Idee ist grundsätzlich besser, wenn Nils Baumgart sie ausspricht, als wenn ich es tue", dachte Katja und war froh, wieder zu ihrer Hausbefragung zurückkehren zu können.

Natürlich mussten Katja und ihre Kollegin Lisa-Marie auch Kristin befragen, auch wenn Katja das Ergebnis schon kannte. Aber es brauchte ein offizielles Protokoll. In dem stand nach der Befragung, dass Kristin krankheitsbedingt ein Schlafmittel eingenommen und mit Ohrschonern und Augenbinde tief und fest geschlafen habe.

Nun mussten Katja und Lisa-Marie nur noch Kristins Nachbarn befragen, Familie Fischer. Sie klingelten, und ein junger Mann Anfang zwanzig öffnete die Tür. Er trug Jogginghose und wirkte auch sonst nicht, als ob er noch vor hätte, in Bälde die Wohnung zu verlassen. Offensichtlich brauchte er montags mittags nicht zu arbeiten. Wieder kämpfte Katja gegen das Gefühl des Neids. Sie wusste nicht, welche Gründe Tobi hatte, und ob sie wirklich mit ihm tauschen wollte. Sie wollte seine freie Zeit, aber wahrscheinlich nicht die Gründe dafür.

Tobi Fischer war allein, seine Mutter war auf der Arbeit. In Tobi trafen die beiden Kolleginnen zum ersten Mal einen Menschen, der zum Mordopfer eine enge emotionale Bindung zeigte.

„Er hat mich zum Glauben gebracht, und mich bei meinen Problemen unterstützt. Er wollte mir helfen. Jetzt kann er das nicht mehr", gab er zu Protokoll, und kämpfte dabei mit den Tränen. „Er hat mich sehr unterstützt und viel Zeit für mich gehabt. Hat mir zugehört, mir Ratschläge gegeben, mit mir gebetet. Er war ein guter Mensch!"

‚Endlich kennt jemand das Opfer mal näher', dachte Katja. ‚Und endlich mal jemand, der zeigt, dass er ihn mag.'

Gesehen oder gehört hatte auch Tobi nichts. Er hatte mit Kopfhörern auf den Ohren die halbe Nacht gezockt.

Die Befragung der Bewohner des Hochhauses war damit abgeschlossen. Katja und ihre Kollegin hatten es nicht eilig, wieder ins Kommissariat zurück zu kehren. Auf dem Weg dorthin aßen sie am Seepark das erste Eis des noch jungen Sommers miteinander. In den vergangenen Tagen hatten sie in der anderen eine äußerst sympathische Kollegin kennen gelernt. Nun tratschten sie noch ein wenig und erzählten sich aus ihrem Leben.

Nachmittags saß Max in seiner vertrauten Haltung bei Kristin auf dem Sofa: eingekuschelt in seine Decke, die Brille schief auf der Nase.

„Du? Kristin?" fragte Max und blickte von seinem Buch auf.

Endlich, wie die Kommissarin fand. Sie beobachtete den Jungen schon eine Weile und hatte gesehen, dass ihm etwas auf dem Herzen lag. Er war anders als sonst, nicht so versunken in sein Buch, nicht so abgetaucht in seine Welt. Immer wieder hatte er hochgesehen zu Kristin. Sie merkte, dass er reden wollte, wollte ihn aber nicht drängen. Nun aber fing er selbst an.

„Du verstehst doch was vom Ermitteln, oder?"

Kristin fand, dass sie diese Frage trotz Krankheit und Ruhestands mit einem klaren „ja" beantworten konnte.

„Und wir beide ermitteln doch, oder?"

Ganz offensichtlich war das so, auch wenn es Kristin nicht passte, dass Max sich nicht davon abhalten lassen wollte.

„Bei der Polizei", meinte Max nun, „da untersucht man zum Ermitteln irgendwelche Dinge unter dem Mikroskop – vom Toten und von Verdächtigen. Außerdem sperrt man Verdächtige ein und verhört sie, bis sie alles zugeben. Und man wühlt in den Sachen der Ermordeten."

Ungefähr so hatte sich Kristin die Polizeiarbeit auch vorgestellt, als sie dort begonnen hatte. Und bis sie feststellte, dass dazu noch ziemlich viel unnützer Papierkram und langwierige Sitzungen kamen, war es schon zu spät.

„Privatdetektive", fuhr Max fort, „brechen heimlich in die Wohnung der Verdächtigen ein und suchen nach Beweisen. Jedenfalls tun sie das in meinen Büchern."

Kristin fürchtete, dass die eine der anderen es auch außerhalb von Max Büchern taten. Dass die meisten aber nur stundenlang in Autos hockten und Fotos machten, behielt sie für sich. Sie wollte Max nicht die Illusionen nehmen. Also nickte sie zustimmend.

„Und wir beide, wir sind nicht bei der Polizei. Du bist es nicht mehr, und ich bin es noch nicht."

Wieder nickte die Kommissarin. Langsam war sie neugierig, worauf der Junge hinaus wollte.

„Wir sind nicht bei der Polizei, und können deswegen keine Sachen untersuchen. Wir können aber auch nicht heimlich in die Wohnungen von Verdächtigen einsteigen. Ich bin ein Kind und kann das noch nicht, und du bist krank und kannst das nicht mehr."

Dass sich Max von seinem jungen Alter abhalten ließ, bei Verdächtigen einzubrechen, beruhigte die Kommissarin. Hoffentlich blieb es dabei.

„Wenn wir aber gar nicht das tun können, was man machen muss, um Mörder zu finden – wie können wir dann überhaupt ermitteln?"

Mit exakt der gleichen Frage hatte die Kommissarin den Sonntag auf dem Sofa zugebracht. Ihre Lust zu ermitteln war unermesslich groß. In ihren Erinnerungen tauchten alle spektakulären Erfolge ihrer Karriere auf: die filmreifen Verfolgungsjagden mit dem Auto, und in Freiburg natürlich auch mit dem Fahrrad, die Verhöre, die verblüffenden Wendungen, alles. Sie hatte unendliche Sehnsucht nach ihrem Beruf. Sie hatte sich immer wieder versucht zu sagen, dass ihr Job die meiste Zeit aus vollkommen langweiligen Fleißarbeiten bestand. Es hatte nichts genutzt. Sie wollte unbedingt ermitteln, und wusste nicht, wie.

Schließlich aber hatte sie doch eine wage Idee, die sie nun mit Max teilte:

„Jeder Mensch hat Dinge die er nicht kann. Wir beide können im Moment keine Polizisten und keine Detektive sein. Aber jeder Mensch hat auch etwas, das er kann. Und wer eine Sache nicht kann, kann dafür oft eine andere besser. Vielleicht haben wir beide etwas, das wir besser können als andere? Gerade weil wir anders sind? Wir beide können zum Beispiel besser still sein als andere. Wir können uns verstehen, ohne zu reden. Wir müssen den Fall lösen mit den Dingen, die wir besser können als andere: schweigen, zuhören, Zeit haben zum Beobachten – so was in der Art."

„Vielleicht", meinte Max, „erzählen die Menschen einem Kind und einer kranken Frau andere Sachen als sie der Polizei erzählen würden?"

„Ich denke, das gehört auch zu den Dingen, die wir besser können als die Polizei, ja! Deswegen bleibe ich vorerst inkognito", erwiderte Kristin.

Die nächste halbe Stunde machten sich die Beiden auf Spurensuche. Was konnten eine Kommissarin mit Kopfnebel und einer Aufmerksamkeitsspanne von einer Stunde und ein zehnjähriger Junge, der am liebsten in seinen Büchern verschwand, besser als andere? Max schrieb mit und machte eine beachtlich lange Liste und pinnte sie in Kristins Wohnzimmer an die Wand. Sie betrachteten ihr Werk tief beeindruckt.

Ja, sie konnten mehr als von außen sichtbar. Nach einer halben Stunde sah Max Kristin an, dass sie erschöpft war, und verabschiedete sich. Auch das konnte er besser als andere: spüren, wie es in anderen Menschen aussieht, ohne dass sie es gesagt haben. In ihr Elfchen-Heft schrieb sie:

Stärke
neu entdeckt
schlummert in mir
weckt in mir Zuversicht

Danke

Abends kam noch eine Nachricht von Katja aufs Handy: „Das Bein war in Ordnung. Es gab einen alten Trümmerbruch. Aber der war gut verheilt und kann weder Schmerzen noch Hinken begründet haben."

Dienstag

Dass Menschen einem Kind und einer kranken Frau eventuell mehr erzählten als der Polizei, diese Erfahrung machte zunächst vor allem Katja. Sie hatte sich bereit erklärt, noch einmal mit den Eheleuten Schäfer zu sprechen. Diesen Vormittag aber trafen sie und Lisa-Marie nur Elisabeth Schäfer an, ihr Mann Johannes sei auf der Arbeit, meinte sie. Morgen aber wäre er im Homeoffice, da könne die Polizei ihn sprechen.

An diesem und am kommenden Tag sprachen sie also mit den Eheleuten Johannes und Elisabeth Schäfer. Beide waren freundlich, auskunftsbereit, redegewandt. Aber ebenso waren beide offensichtlich entschieden, kein schlechtes Licht auf ihre Familie fallen zu lassen. In ihrer Familie, so betonten beide, gäbe es keine Probleme. Sie präsentierten sich als heile Welt inmitten des Unheils dieser Welt, von Gott gesegnet mit Glück und Wohlstand.

Katja und Lisa-Marie hatten Elisabeth Schäfer beim Backen angetroffen. Einige Kuchen für den Kindernachmittag hatte sie schon am Vortag gebacken, aber Zimtschnecken schmeckten frisch einfach besser, erklärte sie. So lud sie die beiden Polizistinnen ein, am riesigen Küchentisch Platz zu nehmen, und stellte allen eine Tasse Kaffee auf den Tisch. Sie trug Rock, Schürze und ein hinter dem Kopf verknotetes Kopftuch. ‚Eigentlich merkwürdig', schoss es Katja durch den Kopf, ‚streng gläubige Muslima, Jüdinnen und Christinnen tragen alle Kopftuch und sind sich optisch untereinander viel näher als den nicht so streng gläubigen Frauen ihrer eigenen Religion.'

Elisabeth hatte ihren Mann in einer christlichen Jugendgruppe kennen gelernt. Er leitete damals mit seinem Bruder die Gruppe und machte damit auf das junge Mädchen großen Eindruck. Durch die Beiden habe sie erst wirklich verstanden, was Glaube bedeute, berichtete sie. Sie habe sich zu Jesus als den Christus bekehrt, und sei entschieden in seine Nachfolge getreten. ‚Solche Bekehrungen haben immer ein sehr einheitliches Vokabular', dachte Katja.

Elisabeth habe nach ihrer Bekehrung lange nach einem Mann gesucht, der ihren Glauben ebenso ernst nahm wie sie selbst, erzählte sie weiter. Aber unter den Studienkollegen der Hochschule im Fach „Pädagogik der Kindheit" habe sie keinen passenden Mann gefunden, obwohl die Hochschule doch behauptete, christlich zu sein. Aber das Christentum dort sei so lau gewesen, so „wischiwaschi", so nichtssagend, dass es schon unter Sünde gefallen sei.

Katja betrachtete Elisabeth Schäfer beim Erzählen. Die mütterliche, warme Art wirkte einerseits sehr anziehend. Andererseits war Katja empfindlich, wenn sich Glaubensgeschwister abfällig über ihrer Ansicht nach ungenügenden

Glauben äußerten. Katja wusste, dass auch ihr kleiner Glauben in diesem Hause nicht genügte. Am liebsten hätte sie eine Grundsatzdiskussion angefangen. Aber sie war beruflich da um mehr über Familie Schäfer zu erfahren. Also schwieg sie und hörte Elisabeth Schäfers Erzählungen weiter zu.

Erst nach dem Studium habe sie Johannes wiedergetroffen, und schnell sei klar gewesen, dass Gott sie füreinander bestimmt habe. Schon damals seien Johannes und Jakob eng verbunden gewesen. Ihr sei klar gewesen, dass Jakob zur Familie gehören würde, wenn sie Johannes heiratete. Er sei ihnen stets ein Vorbild im Glauben gewesen, habe sie alle immer wieder zur Intensivierung des Glaubens angehalten. Schade sei es gewesen, dass er keine eigene Familie habe gründen können. Aber so habe er sich ganz auf die Verbreitung des Glaubens konzentrieren können. Immer wieder sei er auf Missions-Konferenzen gefahren und sei immer ganz glücklich zurück gekehrt. Ihr Mann habe ihn dabei hin und wieder auch finanziell unterstützt.

Katja horchte auf. Der Arbeitsplatz des Mordopfers hatte nicht den Anschein gehabt, dass man dort schlecht verdient. Die Wohnung war eine kleine Zweizimmerwohnung. Selbst wenn man die unglaublich hohen Mieten in Freiburg einrechnete, konnte sie nicht erkennen, warum Jakob auf die finanzielle Unterstützung seines Bruders angewiesen gewesen wäre. Sie entschied, der Sache nachzugehen.

Inzwischen aber war Elisabeth Schäfers Gesprächsbereitschaft erschöpft. Die jüngeren Kinder kämen bald von der Schule nach Hause und sie müsse kochen. Auch der Kindernachmittag bräuchte noch einiges an Vorbereitung. Katja und Lisa-Marie verabschiedeten sich. Sie hatten es beide nicht eilig, ins Präsidium zurück zu kehren und beschlossen, es sich mit einer Pizza am See gemütlich zu machen, bevor sie an ihre Schreibtische zurückkehrten und Berichte tippten.

Nachmittags machten sich Kristin und Max zur Kinderstunde auf. Sie wählten für die Strecke die kleinen Fußwege zwischen den Bungalows hindurch, die Landwasser so liebenswert machten. Die Beiden gingen auf den verschlungenen Pfaden, auf denen niemand so genau wusste, ob sie noch zum Habicht- oder schon zum Bussardweg gehörten. Dort war es leise und sie brauchten nicht auf den Verkehr zu achten. So konnte Kristin etwas Energie sparen, die sie nun für die Unterhaltung mit Max einsetzte.

„Wir sollten rauskriegen, was mit dem Bein des Verstorbenen los war. Da stimmt was nicht. Er hat viel mehr gehinkt als er hätte müssen. Warum?

Wir sollten die Familie dazu unauffällig in Gespräche verwickeln."

Sie waren sich sicher, dass sie das hinbekamen. Beide dachten an die lange Liste ihrer Fähigkeiten, die sie am Tag zuvor angefertigt und in Kristins Wohnzimmer aufgehängt hatten.

Eineinhalb Stunden später traten sie den Heimweg an. Sie waren beide sehr zufrieden mit ihren Ermittlungsergebnissen und erzählten sich auf dem langsamen Weg zurück, was sie jeweils erreicht hatten.

Max hatte sich mit Benjamin unterhalten, dem jüngsten Spross der Familie Schäfer, und ebenfalls zehn Jahre alt. Dabei hatte Max in Erfahrung gebracht, dass das Mordopfer allen mit seinem schmerzenden Bein auf die Nerven gegangen sei. Ständig habe er von Schmerzen gesprochen, ständig davon, wie tapfer er sie erträgt, ständig davon, wie wichtig es sei, seinem Bruder wegen des Unfalls zu vergeben. Kristin fand, das sei ein handfestes Mordmotiv für den Bruder des Toten. Immerhin hatte er sich nun schon jahrzehntelang immer und immer wieder anhören müssen, dass er Schuld an den Schmerzen seines Bruders sei. Sie jedenfalls hätte an seiner Stelle Mordgelüste entwickelt.

Zurück waren sie einen anderen Weg gegangen als auf dem Hinweg. Hinter den Bungalows konnte man an der Pferdewiese der Gärtnerei entlang gehen. Nun waren sie am Sportplatz. Dort spielte eine internationale Gruppe ein Spiel mit mehreren Bällen, Stöcken und Bändern. Weder Max noch die Kommissarin hatten die leiseste Idee, was hier gespielt wurde. Auch waren die Regeln keineswegs selbsterklärend. Da Kristin sowieso eine Pause machen musste, setzten sie sich und schauten einen Augenblick zu. Was immer hier gespielt wurde, es sah lustig aus.

Als sie weiter gingen, kamen sie an der Pizzeria vorbei. Sie lag direkt am See, und von den Tischen auf der Terrasse hatte man einen wunderbaren Blick auf den See. Entsprechend waren die Tische jetzt im Frühsommer gut besetzt. Nun erzählte auch Kristin, was sie erreicht hatte. Sie hatte den Nachmittag im Garten der Schäfers verbracht und war „zufällig" ins Gespräch mit Nico gekommen, dem fast volljährigen Pflegesohn, der hoffte, die Familie bald verlassen zu können. Sie hatte es geschafft, ihn zum Minigolf einzuladen. Nico ging davon aus, damit einer kranken Frau einen Herzenswunsch zu erfüllen. Tat er auch, aber anders als er dachte. Vielleicht könnte er helfen, Familie Schäfer und das Mordopfer besser zu verstehen.

Als Katja endlich Feierabend hatte, radelte sie wieder einmal zu ihrem Onkel Hans.

„Und?" fragte sie ihn, „musstest du wieder Volksmusik hören?"

„Schlimmer", antwortete dieser. „Irgend so ein künstlerisch unterbelichteter Bufdi hat mich zur Beschäftigungstherapie mitgenommen und wollte mir ernsthaft erklären, wie man malt!"

Katja lachte auf. Hans war alternativer Künstler, hatte sein ganzes Leben schon merkwürdige Bilder gemalt und schiefe Skulpturen geschaffen. Aber sie hatten sich ziemlich gut verkauft, und hatten ihm die meiste Zeit seines Lebens zu einem sorgenfreien Auskommen verholfen.

„Und du?", fragte Hans wie immer zurück. „Wieder zu viel gearbeitet? Und dann noch ausgerechnet bei der Polizei! Das wurmt mich bis heute, dass ich dich an die Polizei verloren habe. So habe ich dich nicht erzogen!"

Katja lachte wieder. „Du hast mich überhaupt nicht erzogen!"

Als Katja 15 Jahre alt war, hatten sie und ihre Eltern es sehr schwer miteinander gehabt. Die biederen Eltern und die lebenslustige Teenagerin, das passte hinten und vorne nicht zusammen. Der Vater versuchte, ihr die Abenteuerlust mit Strenge und Autorität auszutreiben. Die Mutter pflichtete ihm bei. Aber letztlich erreichten sie das Gegenteil. Mehrfach war Katja von Zuhause abgehauen. Wochenlang hatte sie die Schule geschwänzt. Kein Tag verging ohne Gebrüll und Türenknallen.

Eines Tages lud sich Ihr Patenonkel Hans bei ihnen ein. Beim Kaffeetrinken erhob er das Wort.

„Schwesterherz, Schwager, Nichte!", begann er. Zu wichtigen und ernsten Themen sprach er sie immer mit dem Verwandschaftsgrad an. Dann fuhr er in feierlichem und sehr ernsten Tonfall fort:

„Ich habe jetzt eine Zeitlang zugeschaut, wie ihr euch auf die Nerven geht. Ich kann das nicht mehr aushalten. Ich mache folgenden Vorschlag: Katja, ich räume dir mein Gästezimmer frei, da kannst du so viel muffeln und rumbrüllen wie du möchtest – wenn du die Tür hinter dir zu machst. Du hast endlich deine Ruhe von Erwachsenen. Ich habe nur drei Bedingungen: Erstens: Ich habe wegen dir nicht mehr Hausarbeit als jetzt, weil du deinen Teil beiträgst. Zweitens: Wir nehmen die Mahlzeiten gemeinsam ein. Und drittens: du machst deine Schule fertig, und zwar mindestens mit einem Durchschnitt von Drei. OK?"

Katjas Augen leuchteten, und sie sah zu ihren Eltern rüber. Die schienen von diesem Vorschlag weitgehend überrumpelt worden zu sein, und konnten sich sichtbar nicht entscheiden zwischen Empörung über die Einmischung und dem Wunsch, der Versuchung nachzugeben. Ehe ihre Eltern noch etwas sagen konnten, meinte Katja:

„Dann packe ich mal das Nötigste und komme gleich mit."

Aber Onkel Hans hielt sie noch einmal am Arm fest, sah ihr fest in die Augen und sagte:

„Wenn du dich nicht an die drei Bedingungen hältst, musst du zu deinen komischen Eltern zurück. Und ich diskutiere diese Bedingungen nicht mit dir. Kein einziges Mal. Klar?"

Katja nickte, packte ihre Sachen und lebte von da an bis zum Abitur bei Onkel Hans. Es waren die schönsten Jahre ihrer Kindheit und Jugend. Sie hielt sich an die Abmachung, übernahm ihren Teil der Hausarbeit, liebte die Gespräche mit dem Onkel bei den Mahlzeiten, und achtete sehr streng darauf, dass ihre Noten nicht zu schlecht wurden – aber auch nicht zu gut. Ohne Hans Eingreifen hätte sie damals sicher die Schule abgebrochen.

In allen Schulferien bestiegen die beiden Hans Wohnmobil und fuhren irgendwohin. Sie schlief oben im Alkoven, er unten auf dem Sofa. So hatte sie Frankreich, Spanien, Portugal und die skandinavischen Länder kennen gelernt. Nach den Jahren biederer Enge bei ihren Eltern hatte sie mit Onkel Hans Lebensfreude und Freiheit kennen gelernt. Später nahmen sie oft auch Kristin mit auf ihre Reisen.

Seit dem waren die beiden tief miteinander verbunden. Vor einiger Zeit hatte Hans die

Diagnose Krebs bekommen und sich entschieden, nicht dagegen an zu kämpfen. Als Katja ihn zu einer Behandlung überreden wollte, meinte er nur:

„Nichte! Wenn ich mit 80 Jahren meinen Lebenssinn noch nicht gefunden hätte, würde ich ihn auch nicht mehr finden, wenn ich noch drei Jahre länger lebe. Mein Leben war gut, wie es war. Ich brauche ihm nicht noch mehr Jahre hinzuzufügen."

Wie immer, wenn er sie „Nichte" nannte, wusste Katja, dass alles entschieden war. Sie konnte sich eine weitere Diskussion sparen.

Nach der Diagnose hatte Hans seine Wohnung aufgelöst, die Möbel und die letzten Kunstwerke zu Geld gemacht und sich einen Platz im Pflegeheim gesucht. Die Kosten für vier Monate hatte er bar bezahlt.

„Mehr wird nicht nötig sein", kommentierte er.

Nun zierten die letzten wenigen Habseligkeiten sein Pflegeheimzimmer. Zwei Sessel, ein alter Plattenspieler und seine Lieblingsschallplatten, etwas von seiner Kunst. Einzig sein aktuelles Wohnmobil hatte er nicht verkauft. Es stand bei seinem Freund Wolfgang:

„Wer weiß, wozu es noch gut ist?", pflegte Hans zu sagen.

Als Katja ihren Onkel heute Abend sah, spürte sie eine Veränderung bei ihm. Es schien, als beginne er, sich von dieser Welt zu verabschieden. Ihr zuliebe gab er ganz den alten, aber es fehlte sein Biss, sein Spott. Er war nachdenklicher als sonst, ruhiger. Obwohl Katjas Verstand wusste, dass er nicht mehr lange leben würde, und dass er schon jetzt oft von heftigen Schmerzen geplagt war, wollte ihr Herz ihn nicht gehen lassen. ‚Nicht auch noch Du', dachte sie. ‚Erst lässt LongCovid von Kristin kaum noch etwas übrig, jetzt soll ich mich auch noch von Dir verabschieden. Was bleibt mir dann noch?'Auch sie versuchte sich nichts anmerken zu lassen, versuchte zu scherzen und Späßchen zu machen. Aber beide wussten, dass ihre gemeinsame Zeit dem Ende zu ging.

Als sie zurück in ihrer Altbauwohnung war, fühlte sie sich noch erschöpfter als sonst.

Mittwoch

Zur vereinbarten Zeit standen Katja und Lisa-Marie vor dem Haus der Schäfers und klingelten. Johannes Schäfer öffnete die Tür. Er hatte sie schon erwartet und führte sie ins Wohnzimmer. Elisabeth brachte allen dreien Kaffee und verließ das Wohnzimmer wieder. ‚Der Hausherr empfängt die Gäste, die Frau des Hauses bedient still und dezent‘, dachte Katja. Dann betrachtete sie Johannes. Er wirkte, als sei er hauptberuflich Darsteller in biblischen Historienfilmen. ‚Als sei er aus einem Moses-Film entsprungen‘ dachte Katja. Ein üppiger Vollbart und etwas längere, bereits ergraute Haare zierten seinen Kopf. Auch seine Ausstrahlung entsprach denen eines Film-Moses: gütig zu allen, die ihm folgten, aber voll heiligen Zorns gegen alle Abtrünnigen. Sein Beruf als Software-Programmierer passte Katjas Empfinden nach weder zum Äußeren noch zu dem Wesen, das er ausstrahle.

Auch Johannes berichtete, wie am Vortag schon seine Frau, von sich und seiner Familie nur Schönes, Gutes und Glückliches. Etwas aus dem Takt kam er, als Katja ihn auf die finanziellen Unterstützungen für seinen Bruder ansprach. Allerdings überspielte er den Moment der Irritation perfekt. Sein Bruder habe finanziell weniger Glück gehabt als er. Johannes teile Glück gern, vor allem mit seinem Bruder. Und der habe das Geld genutzt. um sich professionell zum Thema Mission fortzubilden und mit anderen Glaubensgeschwistern zu sammeln. Von solchen Fortbildungen habe er so viel neuen Schwung für die Arbeit am Reich Gottes mitgebracht. Ganz beseelt sei er immer zurück gekommen. Und ihr gemeinsames Werk an den Landwasser Kindern habe dadurch nur gewonnen. So habe Johannes doppelt Glück erfahren können: Wenn er seinen Bruder beschenkte, und wenn sein Bruder ihn mit neuen Impulsen für ihre kleine Hausgemeinde zurück beschenkte.

Johannes Schäfer schien keineswegs gewillt, mehr von seinem Bruder zu erzählen, als dass er eine große Glaubensstütze gewesen sei, und sie sich allzeit gut verstanden hätten. Als Katja und ihre junge Kollegin Lisa-Marie das Haus wieder verließen, hatten sie kaum etwas Neues erfahren. Aber sie waren sich beide sicher, dass sie gerade einem perfekt inszenierten Theaterstück beigewohnt hatten. Sie beschlossen, als nächsten Schritt die Finanzen von Jakob Schäfer ganz genau unter die Lupe zu nehmen. Aber vorher genehmigten sie sich einen Kaffee in einem netten, kleinen Café.

Am Abend machte sich Kristin auf zu ihrer zweiten Gebetsstunde. Diesmal fühlte sie sich besser gewappnet und hatte sich vorher überlegt, was sie als Gebetsanliegen formulieren sollte. Wenn die letzte Gebetsstunde typisch für die Gruppe war, dann hatte die Kommissarin begriffen: Hier wurde anders gebetet als Kristin es in Kindertagen von ihrer Großmutter gelernt hatte. In dieser Gruppe packte man seine eigenen Wünsche und Erwartungen in Gebetsform: „Lass die anderen auch endlich erkennen, was ich schon lange weiß." Noch einmal wollte sie das nicht mit einem für sie so sensiblen Thema wie ihre Krankheit erleben.

„Ich möchte Gott danken, dass ich euch gefunden habe", teilte sie den Anderen als Gebets-Anliegen mit. Das stimmte, wenn auch eher aus ermittlungstaktischen Gründen. „So kann ich mich endlich wieder mit dem Thema Glauben auseinandersetzten", formulierte sie bewusst offen.

Also betete die Gruppe für die Kommissarin: wie gut es sei, dass sie nun ihren gottlosen Weg verlassen wolle, wie wichtig es sei, dass sie die Zeit ohne Gott bereue, und wie wohltuend, dass Gott sie bekehren wolle. Und natürlich würde Gott sie heilen, wenn sie nun ihr neues Leben mit ihm und mit ihnen teile.

Unvermittelt sehnte sich Kristin nach ihrer Großmutter zurück. Die hatte abends mit ihr ganz anders gebetet. Sie hatte Gott alles erzählt, was sie beide am Tag bewegt hatte. Und abschließend gesagt: „Für das Gute danken wir dir. Alles andere legen wir zurück in deine Hände. Du wirst wissen, wozu es nötig war. Amen"

Hier, im Wohnzimmer der Schäfers, bekam sogar der liebe Gott per Gebet mitgeteilt, was von ihm erwartet wurde. Kristin fand, dass sie für ihren Undercover-Einsatz einen sehr hohen Preis bezahlte.

Das Gebet wanderte rundum weiter, und wandte sich nun Tobis Anliegen zu. Letzte Woche hatte Kristins Timer das Gebet unterbrochen. Diesmal hatten sich alle um pünktlichen Beginn bemüht. So wurde ihr aus den Gebeten für Tobi langsam klar, was sein Problem war:

„Du willst ihn von seinen Neigungen frei machen.“

„Du befreist ihn von seinen sündhaften Gedanken.“

„Schenke ihm endlich Glauben, der tief genug ist, seine Neigung zu überwinden.“

„Du hilfst ihm, sich dem richtigen Geschlecht zuzuwenden.“ „Lass zu, dass wir den Dämon der Homosexualität aus ihm austreiben…“

Gleich drei Mitglieder der Gebetsstunde waren aufgestanden und hatten sich neben und hinter Tobi gestellt. Eine Hand ruhte jeweils auf dem jungen Mann, die andere war zum Gebet gen Himmel erhoben. Draußen dämmerte es bereits, und die Dunkelheit breitete sich langsam im Wohnzimmer aus. Bedrohlich wirkten die Drei neben dem jungen Mann. Die Stimmen des Gebets wurden lauter. ‚Wie die Racheengel persönlich', schoss es Kristin durch den Kopf. ‚Mit diesen dreien im Rücken wird sich Tobi die nächste Woche nicht getrauen, an Liebe zu einem Mann auch nur zu denken.'

Tobi rollten Tränen über die Wangen. Er ließ sie laufen. Er wollte, dass die Gebete wahr werden, er wollte es aus tiefstem Herzen. Aber Kristin sah ihm an, dass er wusste: seine sexuelle Orientierung würde sich nicht ändern.

Kristin wurde elend in dieser bedrückenden Stimmung. Warum tat sich Tobi das an? Sie hätte gedacht, ein Outing sei heutzutage kein Problem mehr. Selbst ihre eigene, träge, evangelische Kirche verheiratete inzwischen relativ selbstverständlich gleichgeschlechtliche Paare. Und hier saßen, im einundzwanzigsten Jahrhundert, Menschen privat organisiert und wünschten, einem jungen Mann den Dämon der Homosexualität auszutreiben. Die Kommissarin schämte sich, daran teilzunehmen, und nahm sich vor, mit dem Jungen bei nächster Gelegenheit zu sprechen.

Sie blickte sich in der Runde um. Familie Schäfer fand das, was hier passierte, offensichtlich normal. Ebenso Brigitte Blanck. Nico hatte optisch Gebetshaltung eingenommen. Aber sie spürte, dass er in Gedanken in einer anderen Welt war. Wahrscheinlich war das der Weg des geringsten Widerstandes für ihn: diese Gebetsstunde geduldig ertragen. Der Kommissarin wurde bewusst, dass es für ihn als Pflegekind nicht die einzige Gebetsstunde in der Woche war. Sicher erlebte er Ähnliches täglich im Familienkreis.

Aus zwei Anwesenden wurde die Kommissarin nicht schlau. Der eine war Thomas Schobert. Wieder durchschaute sie ihn nicht. Er schien sich ebenfalls für das, was hier geschah, zu schämen. Gleichzeitig versuchte er, es perfekt zu verbergen. Was machte er hier? Warum war er in diesem Kreis?

Die andere, die die Kommissarin nicht verstand, war Melanie Fischer, Tobis Mutter. Sie litt mit ihrem Sohn, das war offensichtlich. Aber Kristin konnte nicht deuten, ob Melanie Fischer mit der Behandlung ihres Sohnes einverstanden war oder nicht.

Endlich hatte jeder, der wollte, um Tobis Heilung gebetet. Kristin wollte schon erleichtert aufatmen, als ihr Blick wieder auf Nico fiel. Er wusste, als nächstes käme er an die Reihe. In sich zusammengesunken und ergeben saß er da. ‚Als wüsste er, dass er gleich geschlagen wird', dachte die Kommissarin.

Da piepste es aus Kristins Handtasche. Der Timer meldete sich, ihre Stunde war zu Ende. Sie musste nach Hause. Zum ersten Mal seit ihrer Erkrankung fand sie ihre Krankheit einfach nur fantastisch. Was für Möglichkeiten sie ihr gab, auf sich selbst zu achten und jetzt zu gehen. Sie schaute zu Nico. Auch er atmete vorsichtig erleichtert auf. Sie blinzelte ihm zu, um zu zeigen, dass sie auf seiner Seite war. Hoffentlich hatte ihr Timer das Gebet nachhaltig genug unterbrochen, dass Nico davonkam.

Bevor sie ging, teilte Johannes Schäfer noch mit, dass die Polizei die Leiche seines Bruders freigegeben habe. Die Beerdigung sei nächsten Dienstag um 11 Uhr auf dem Hauptfriedhof. Alle seien herzlich eingeladen. Nachmittags um drei gäbe es Kaffee und Kuchen im Garten. Der Kindernachmittag fiele aus.

Auf dem Heimweg dachte Kristin an Tobi und Nico. Sie taten ihr unendlich Leid. Bei den anderen hielt sich ihr Mitleid in Grenzen, sie nahmen freiwillig teil. Aber Tobi nahm teil, weil er innerlich zerrissen war. Es schien ihm einfacher, sich zu verbiegen als zu seiner Homosexualität zu stehen. Und Nico hatte das Pech, aus einer Familie zu stammen, die sich nicht um ihn kümmern konnte. Nun musste er hier leben. Ob das Jugendamt wusste, was er litt?

Freitag

Katja und Lisa-Marie hatten den ganzen gestrigen Tag schon versucht, die verschiedenen Konten des Mordopfers zu durchleuchten. Nun, kurz vor Feierabend, gelang ihnen der Durchbruch und sie staunten nicht schlecht, als sie die Kontobewegungen schwarz auf weiß sahen. Sie telefonierten noch einmal mit Johannes Schäfer, aber der blieb dabei, dass er finanziell reich gesegnet sei und dieses Glück mit seinem Bruder teilen wollte.

Katja und Lisa-Marie beschlossen, es reiche, die Ergebnisse am Montag mit den Kollegen zu teilen, und machten Feierabend. Im Moment war es Katja wichtiger, ihren Onkel Hans zu besuchen, als jetzt, kurz vor dem Feierabend, noch mit ihrem Vorgesetzten Nils Baumgart zu sprechen.

Am Abend lag Kristins Wohnzimmertisch voller Papiere. Wann immer in der vergangenen Woche die Kräfte dafür gereicht hatten, hatte sie für jede Person aus dem Umfeld des Toten einen eigenen Zettel gemacht. Nun hatte sie sie so auf dem Couchtisch ausgebreitet, dass sie sie auch liegend vom Sofa aus betrachten konnte. Auf den Zetteln stand, was sie von ihm oder ihr wusste. Das Wenige, das sie sich notiert hatte, hätte sie sich früher leicht merken können. Jetzt aber ging sie nicht einmal mehr ohne Einkaufszettel zum nahegelegenen Supermarkt. Ob die krankheitsbedingten kognitiven Ausfälle noch einmal besser würden? Immer wieder kam es ihr vor, als läge ihr Gehirn in einem tiefen Nebel gefangen. Gedanken waren dann kaum greifbar und entglitten ihr. Manchmal hatte sie das Gefühl, dabei zusehen zu können, wie ihr die Konzentration zerrann. Informationen kamen zwar im Hirn an, wurden dort aber gar nicht erst gespeichert, geschweige denn weiterverarbeitet. Die Kommissarin empfand das durchaus als bedrohlich.

Jetzt schrieb sie einen neuen Zettel über Nico, das Pflegekind der Schäfers. Heute hatte sie mit ihm Minigolf gespielt. Im Nachhinein war es ihr fast unangenehm, dass sie sich nur zum Ermitteln mit ihm verabredet hatte. Denn der Nachmittag mit dem Jungen hatte ihrer Seele sehr gut getan. Um dem Körper in der Zeit nicht allzu viel zu schaden, hatte sie sich ihren Klapphocker mitgebracht und war nur aufgestanden, wenn es an ihr war zu spielen.

Die neuen Pächter des Minigolf-Platzes hatten den in die Jahre gekommenen Platz in eine typisch freiburger Öko-Oase verwandelt. Die Bahnen waren in Bonbon-Farben getaucht worden. Liegestühle und Sand verbreiteten den Flair eines alternativen Strandbades. Unkraut und umgefallene Liegen sorgten für den klassischen

Alternativ-Schick. Auf einem frisch angelegten Hügel wuchsen Wildkräuter und machten ihrem Namen alle Ehre. Sie wuchsen wild durcheinander. So war der Minigolf-Platz zur Außenstelle des üblichen freiburger Designs geworden. Ein Design, das erst langsam in Landwasser Einzug hielt.

An diesem Nachmittag hatte Kristin in Nico einen Jungen kennen gelernt, der erstaunlich gut zurecht kam, dafür, wie schwer er es in seinem jungen Leben schon hatte. Seine Eltern waren so sehr mit ihren eigenen Problemen beschäftigt, dass sie sich um Nico und seine kleine Schwester nicht hatten kümmern können. So hatte er sich bemüht, seine Schwester zu unterstützen und sich um sie zu kümmern. Die aber hatte ein Talent, sich in schwierige Situationen hineinzumanövrieren. Und Nico sah es als seine Aufgabe an, sie zu retten, notfalls mit Gewalt. Bei einer dieser Rettungsaktionen hatte er einen allzu aufdringlichen Jungen ernsthaft verletzt. Das war der Moment, als das Jugendamt einschritt. Seine Schwester wurde in einem Heim untergebracht. Er kam zur Familie Schäfer. Man hatte ihm mitgeteilt, dass er dort andere Möglichkeiten lernen könne, mit Konflikten umzugehen, friedfertigere.

Nun lebte er schon seit Monaten in der Familie. Aber deren Art der Konfliktbewältigung fand er gar nicht besonders friedfertig, nur nicht so offensichtlich gewalttätig.

„Ich habe zugeschlagen. Das war sicher nicht richtig. Richtig wäre es, man könnte Probleme im Gespräch lösen. Aber das tun die Schäfers genauso wenig wie ich. Sie packen alles, was sie an mir nicht richtig finden, in Gebete oder in Nachrichten von Gott. Wenn ihnen etwas missfällt, dann beten sie abends: „gib Nico die Einsicht, die du uns schon lange gegeben hast." Was soll ich mich dann noch erklären, wenn sie Gott auf ihrer Seite haben? Wie kann ich meine Sicht der Dinge noch begreifbar machen, wenn nicht einmal Gott sie zu verstehen scheint?"

Jakob Schäfer, so berichtete Nico, habe dabei keine Ausnahme gemacht, im Gegenteil. Auch er konnte den Glauben nutzen, anderen ein schlechtes Gewissen zu machen, meist zu seinem eigenen Vorteil. Selbst Rahel, die älteste Tochter der Familie, hatte manchmal Andeutungen gemacht, wie schwer auszuhalten ihr Onkel sei. Und das, obwohl sie von klein auf daran gewöhnt war, dass Religion zu persönlichen Zwecken genutzt wurde.

Kristin mochte den Jungen und hoffte inständig, dass er mit dem Mord an seinem Pflegeonkel nichts zu tun hatte. Aber jetzt am Abend, als sie am Wohnzimmertisch Notizen zu ihm machte, musste sie zugeben, dass sie Nico nicht von der Liste der Verdächtigen nehmen konnte. Sie glaubte an seine Unschuld, hatte aber lang genug bei der Kriminalpolizei gearbeitet um zu wissen, dass das nichts heißen muss.

Wenn er der Täter wäre, müsste sie sich Sorgen machen, dass sie ihn zu sich nach Hause eingeladen hatte. Aber sie hatte es nicht fertig gebracht, „Nein" zu sagen. Sie waren gerade bei der dritten Bahn gewesen, als Nico unvermittelt meinte: „Max sagt, dass er bei dir immer in Ruhe lesen kann?" Als sie das bejaht hatte, sagte er zunächst nichts weiter dazu. Aber etwas arbeitete in ihm. Bei Loch 5 fragte er: „und du willst dann nichts von ihm? Gar nichts?" Auch das bejahte sie. An Loch 10 meinte Nico versonnen: „Muss cool sein, wenn man als Kind einen Ort hat, wo man seine Ruhe hat." Und erst an Loch 17 rückte er mit seinem Anliegen raus: er zeichne so gern, aber bei den Schäfers habe er nie seine Ruhe. Ob er nicht auch mal kommen könne, wenn Max da wäre. Auch er könne schweigen.

Sie hatte ihm den Wunsch nicht abschlagen können. Sie hatte Nicos Sehnsucht gesehen, einen ruhigen Ort für sich zu haben. Da hatte sie einem Test zugestimmt, unter der Bedingung, dass er ohne Diskussionen gehen würde, wenn es ihr zu viel würde. Nun hoffte sie inständig, dass diese Einladung kein Fehler gewesen war. Früher, als sie noch gesund war, hätte sie sich vor einem potentiellen Mörder in ihrer Wohnung nicht gefürchtet. Aber die Krankheit hatte sie wehrlos zurückgelassen.

In die abendliche Nachricht an Katja schrieb sie kurz über ihren Ausflug mit Nico. Katja aber brauchte eine Weile, bis sie verstand, dass sie eine neue Nachricht aufs Handy bekommen hatte. Denn aus ihrer Handtasche ertönte statt des vertrauten Klingeltons die Stimme ihres Onkels Hans: „Nichte! Arbeite nicht so viel!" Er hatte es geschafft, in den wenigen Minuten, die sie in der Cafeteria Kaffee und Kuchen für sie beide geholt hatte, den Klingelton in seine Stimme zu verwandeln. Katja lachte. Jetzt verstand sie auch, warum er so verschmitzt gegrinst hatte, als sie wieder in sein Zimmer gekommen war. Sie beschloss, den neuen Klingelton beizubehalten. „Hoffentlich ruft mich mal jemand während der Dienstbesprechung an", dachte sie.

Samstag

„Wie fit bist du heute?" fragte Katja ihre Freundin Kristin per Textnachricht.

„Im Rahmen meiner Möglichkeiten sehr fit!", schrieb diese zurück.

„Dann treffen wir uns gleich vor deinem Haus und machen einen kleinen Ausflug. Ich bringe den Kaffee mit!", kam prompt Katjas Antwort.

Kristin wurde nervös. Es war inzwischen Anfang Juni, da war der See samstags mittags bereits sehr voll. Ausflüge mitten in die Menschenmassen waren seit der Krankheit nicht mehr ihre Stärke. Zu Fuß gab es in Landwasser nichts, was sie erreichen konnte, das nicht hoffnungslos überfüllt war. Sich mit dem Auto irgendwohin fahren lassen war für sie nicht weniger anstrengend. Dann aber vertraute sie darauf, dass Katja meist wusste, was sie tat.

Pünktlich um 15 Uhr trat Kristin aus dem Haus. Vor der Tür stand Katja mit zwei Rädern, eines davon war ein E-Bike. Was für eine wunderbare Idee. Endlich mal ein bisschen weiter fahren!

„Wenn du mit dem E-Bike klar kommst, verkauft es ein Bekannter sehr günstig", teilte Katja mit. Und Kristin wollte. Hier tat sich für sie ein Tor in eine ganz neue Freiheit auf. Mit Motor würde sie ihren Radius, in dem sie sich ohne fremde Hilfe bewegen konnte, deutlich erhöhen können, vielleicht sogar auf 5 bis 7 km.

In der Wirthstraße gab es einen Zugang zum Mooswald. So erreichten sie bald eine Bank im Wald. Dort setzten sie sich, tranken Kaffee und redeten.

„Wir kommen mit dem Fall nicht weiter", erzählte Katja.

„Wir haben jetzt Zugriff auf die Kontobewegungen des Opfers. Er hatte ein sehr gutes Gehalt. Aber sein Bruder hat ihm trotzdem monatlich tausend Euro überwiesen. Es ginge ihm beruflich sehr gut und er wollte sein Glück mit seinem Bruder teilen. Als Verwendungszweck ist jeweils „Mett – anno – jahr" vermerkt. Irgendein Wortspiel aus Kindertagen, behauptet der Bruder. Wozu das Mordopfer das Geld gebraucht hat, wissen wir nicht. Er hat es bar abgehoben und bar ausgegeben. Monat für Monat je Tausend Euro."

„Mett – anno – jahr? Was kann das für ein Wortspiel sein?" Kristin wiederholte die drei Worte mehrmals.

„Metanoia!" rief sie plötzlich. „Das ist altgriechisch!"

„Und was heißt es?"

„Keine Ahnung. Das weiß ich nicht mehr. Mein Altgriechisch auf dem Goethe-Gymnasium ist über dreißig Jahre her! Ich hatte es als dritte oder vierte Fremdsprache als AG. Jetzt erinnere ich mich, dass mir das Wort gefallen hat. Metanoia – klang geheimnisvoll."

Katja hatte ihr Handy schon gezückt und „Metanoia" eingegeben. „Reue, Umkehr, Buße" verkündete sie.

„Johannes und Jakob haben wohl immer und immer wieder von diesem Unfall gesprochen, bei dem Jakobs Bein zerstört wurde. Johannes fühlte sich schuldig, und Jakob lies ihn die Schuld regelmäßig spüren. „Was wäre, wenn er die monatlichen Zahlungen als Bußleistung gezahlt hat?" überlegte Kristin.

„Aber die Pathologin sagt, das Bein sei in Ordnung gewesen. Es hat ihm sicher nicht für tausend Euro monatlich weh getan!"

„Dann hat Jakob die Schmerzen sehr gut gespielt. Und wenn sich Johannes jahrzehntelang umsonst schuldig gefühlt und gezahlt hätte?"

„In dem Fall wäre das jedenfalls ein handfestes Mordmotiv! Vorausgesetzt Johannes hätte vom Betrug seines Bruders erfahren!"

Kristin traute sich zu, genau das herauszubekommen. „Gebt mir eine Woche!", meinte sie siegessicher und abenteuerlustig zu Katja. Die aber witzelte: „Am Montag erfährt Nils Baumgart davon. Du kennst seine

Schnellschüsse. Spätestens Dienstag Abend ist Johannes Schäfer verhaftet." Kristin lachte. „hoffentlich darf er vorher noch auf die Beerdigung seines Bruders."

In diesem Moment fühlte sich Kristin fast wie früher. Ihr Kopf war klar, nichts tat ihr weh, sie unterhielt sich mit ihrer besten Freundin über Polizeiarbeit. Sie wünschte, dieser Moment könnte für immer bleiben. Aber der Timer war unerbittlich, und Kristin wusste: leider hat er Recht. Gesundheitlich bergauf ging es nur, wenn sie Pause machte, bevor sie spürte, dass sie sie braucht. Sie empfand das chronische Fatigue-Syndrom ME/CFS als durch und durch böswillig, denn es nahm ihr die Grundlagen des Menschseins: den unbeschwerten Kontakt mit Freunden.

Montag

Nils Baumgart war auf dem Nullpunkt seiner Stimmung angelangt. Zweieinhalb Wochen war der Mord nun her und sie standen immer noch ganz am Anfang und wussten nichts. Entsprechend kommentierte er nun die mageren Berichte seiner Untergebenen mit sarkastischem Spott. Er hielt die gesamte Abteilung für unfähig und machte in seiner Ablehnung auch Katja gegenüber keine Ausnahme. Vielleicht hatte Katja es, als beste Freundin seiner Vorgängerin auf dem Chefposten, sogar noch schwerer als die anderen. Nun aber war es wieder einmal ausgerechnet sie, die in dem Fall eine neue, echte Spur lieferte. Das hellte Nils Baumgarts Stimmung keineswegs auf.

„Der Bruder des Mordopfers hat über Jahre hinweg monatlich tausend Euro als Sühne für ein angeblich zerstörtes Bein gezahlt. Inzwischen ist eine beträchtliche Summe zusammen gekommen, dafür hätte man seinen bald erwachsenen Kindern eine schöne, kleine Eigentumswohnung kaufen können – also nicht in Freiburg, bei den Immobilienpreisen. Aber fürs Umland hätte es gereicht. Wenn Johannes erfahren hätte, dass das Bein des Mordopfers gar nicht zerstört war, wäre das ein handfestes Motiv", trug Katja vor.

Wie immer tat Nils Baumgart auch dieses Mal Katjas Vortrag zunächst ab, nahm die anderen

Kollegen dran, präsentierte zum Schluss aber Katjas Ergebnis noch einmal als seine eigene Erkenntnis. Es war zwar schon alles gesagt, aber noch nicht von ihm.

Dann aber hatte er es eilig. Jetzt, da er es war, der den Täter so gut wie enttarnt hatte, wollte er ihn so schnell wie möglich in Untersuchungshaft wissen. Die Öffentlichkeit liebte solche Festnahmen, auch wenn sie nur vorläufig waren. Als Katja am Samstag im Wald behauptet hatte, Johannes Schäfer sei Dienstag Abend schon verhaftet, hatte sie noch geglaubt, einen guten Witz zu machen. Nun merkte sie: wenn sie Nils Baumgart nicht bremste, wäre Johannes schon heute Mittag in Untersuchungshaft. Einen Augenblick lang war sie versucht, ihren Chef einfach machen zu lassen. Soll er sich doch beim Richter und in der Öffentlichkeit blamieren. Aber sie kannte sein Talent, seine Fehler auf andere abzuwälzen, in dem Fall sicher auf sie. Schließlich kam der Hinweis auf die Sühneleistungen doch von ihr! Also versuchte sie, wenigstens Zeit zu schinden und vertrödelte ihren Anteil der Vorarbeit, die zu einer Untersuchungshaft nötig wäre, so nachhaltig, dass es heute nichts mehr würde mit der Verhaftung. Dann redete sie so lange auf Nils Baumgart ein, bis er einwilligte, dass Johannes Schäfer noch auf die Beerdigung seines Bruders gehen konnte.

Inzwischen war bei Kristin der Testlauf mit Max und Nico erfolgreich verlaufen. Nico hatte nicht zu viel versprochen. Auch er konnte einfach nur ganz ruhig auf seinem Sessel sitzen und zeichnen. In der Stunde, die beide Jungs da waren, zeichnete er gleich mehrere Bilder. Die fertigen legte er in eine Mappe. Nur eines lag einen Moment lang offen auf dem Tisch. Kristin sah es und wusste sofort, warum er nicht bei den Schäfers malen wollte. Sein Bild zeigt den Pariser Eifelturm und davor zwei junge Leute von hinten, Hand in Hand. Die weite Welt und unbeschwerte Liebe gehörten nicht zu den Plänen, die seine Pflegefamilie für ihn gemacht hatten. Letztlich aber war er nur ein 17jähriger Junge mit den ganz normalen Träumen eines 17jährigen.

Als er ging, schaute er Kristin hoffnungsvoll an. Sie nickte ihm zu. Der Test war bestanden, er durfte wiederkommen. „Kann ich meine Mappe hierlassen?", fragte er. Er durfte und konnte sich darauf verlassen, dass sie ohne sein Einverständnis nicht hineinschauen würde.

Dienstag

Unter allen Umständen wollte Kristin Jakob Schäfers Beerdigung miterleben – und wenn es ihre Kräfte zuließen ebenso das Kaffeetrinken hinterher im Garten. Dafür musste sie sich ihre Kräfte genau einteilen. Denn beides beinhaltete genau das, was sie seit ihrer Erkrankung nicht mehr konnte: viele Menschen, viel Durcheinander, viele Sinneseindrücke.

Zur Beerdigung hatte sie sich mit Sonnenbrille, Ohrstöpsel und Maske bewaffnet, „LongCovid-Chic" nannte sie das Outfit. Den Weg zum Hauptfriedhof, den sie mit dem neuen E-Bike fuhr, war sie in Gedanken mehrfach vorgefahren, das half ihr mit den Sinneseindrücken zurecht zu kommen: Am „Roten Otto" vorbei, dem überdimensionierten Kunstwerk am Eingang nach Landwasser auf die Elsässerstraße. Vor Jahren waren einige Bewohner Landwassers aktiv geworden, um das Kunstwerk zu retten. So ganz hatte die Kommissarin die Liebe zu dem roten Koloss nicht verstanden. Aber seit es restauriert war, kam sie zumindest mit ihm klar. Nach dem „roten Otto" ging es nur noch geradeaus die Elsässerstraße rauf, an kleinen Geschäften, dem Wentzinger-Gymnasium und dem jüdischen Friedhof vorbei bis zum Klinikgelände. Direkt davor links abbiegen. So gelangte sie zum Hintertor des Friedhofs. Während sie unerlaubterweise mit dem Rad über den Friedhof fuhr, landete ein Rettungshubschrauber auf dem Gebäude der Uni-Klinik. ‚Wie nah der Kampf ums Überleben und der Tod hier liegen‘, dachte sie. Zum Glück hielt sie niemand an, als sie mit dem Rad über den Friedhof fuhr.

Jetzt saß sie hinten in der großen Halle des Friedhofs. Dort gab es Sitzplätze an der Wand. So konnte sie während der Trauerfeier den Kopf anlehnen. Sie blickte sich in dem großen historistischen Raum um. Die Mitglieder der Gebetsstunde waren praktisch vollständig gekommen, nur Johannes Schäfer suchte sie vergeblich. In der ersten Reihe saßen Männer und Frauen mit auffallender Ähnlichkeit zu Johannes und Jakob Schäfer. Offensichtlich hatten die Beiden noch einige weitere Geschwister. Ein paar Bewohner des Hochhauses waren ebenfalls gekommen, und eine Handvoll Menschen, von denen sie vermutete, dass es Arbeitskollegen waren.

Einige Nichten und Neffen hatten sich vorne zu einer Band zusammengetan. Sie spielten sich noch ein. Schlagzeug, Gitarre, Querflöte und Keyboard wurden aufeinander eingestimmt. Die beiden Sängerinnen machten einen Soundcheck.

Die Beerdigung begann pünktlich mit dem ersten Lied der Band. Kristin Neven schmunzelte. Sie musste an Max Beschreibung der Lieder denken: „entweder kommt viel Blut drin vor, oder es ist ein

Liebeslied auf einen Herrn Zebaoth". Dieses Lied enthielt sogar beides: viel Blut und das Liebeslied.

Sie schaute sich um. Familie Schäfer wirkte, wie immer, von keiner schweren Traurigkeit gebeutelt. Nico saß teilnahmslos da. Er hatte innerlich gekündigt und war nur körperlich anwesend. Rahel war Teil der Musik-Gruppe. Auch hier hatte sie wieder die Führung übernommen. Brigitte Blanck weinte. Tobi Fischer wirkte hilflos und verloren. Wenn er, wie Kristin vermutete, alle Hoffnung auf Jakob Schäfer gesetzt hatte, doch noch von seiner Homosexualität „geheilt" zu werden, dann trug er heute mit dem Mordopfer auch seine Hoffnung auf Heterosexualität zu Grabe. Tobis Mutter Monika war undurchsichtig wie immer. Sie war willens, ihren Sohn überall hin zu begleiten und jeden Weg mit ihm zu gehen. Und doch wirkte sie, als hoffe sie, ihrem Sohn würden sich nun neuen Wegen öffnen.

Kristins Blick fiel auf Thomas Schobert. Er saß in sich zusammengesunken da, hielt sich die Hände vor die Augen. Sie sah die Wellen der Tränen, die seinen Körper durchfuhren. Er war der Einzige in echter Trauer.

‚Wer hält in so einem Fall eigentlich die Trauerfeier?', fragte sich die Kommissarin. ‚Ein kirchlicher Pfarrer wird den Ansprüchen an den Glauben wohl kaum genügen, und ein weltlicher Redner erst recht nicht.' In dem Moment bewegte sich der große, rote Samtvorhang hinter dem

Sarg. Er gab, wie in einer Theateraufführung, die Bühne frei für die Person, die die Trauerfeier leitete. So war ihre Frage schnell beantwortet: Johannes Schäfer, der Bruder des Toten, schwebte geradezu hinter dem Vorhang hervor und platzierte sich hinter dem Rednerpult. Damit hatte Kristin nicht gerechnet. ‚Gut, dass Nils Baumgart ihn noch nicht in Untersuchungshaft gesteckt hat', schoss es ihr durch den Kopf. Sie malte sich einen Augenblick aus, was aus der Beerdigung geworden wäre, wenn der Prediger kurz vorher verhaftet worden wäre. Aber dann ergriff Johannes Schäfer bereits das Wort.

Über das Leben des Toten erfuhr sie, dass er aus einer sehr religiös geprägten Familie stammte. Die acht Geschwister, deren biblische Vornamen aus irgendeinem Grund alle mit „J" begannen, lernten früh, dem zu gehorchen, was in der Familie als „Wille Gottes" galt. Die Bemühungen der Eltern, auch für Jakob eine passende Frau zu finden, scheiterten regelmäßig. Er blieb allein, hielt aber engen Kontakt zu seinem Bruder Johannes, obwohl er ihm seine Fußverletzung verdankte.

Kristin horchte auf. Sie versuchte, an der Art, wie Johannes davon berichtete, herauszuhören, ob er wusste, dass die Schmerzen im Bein nur vorgetäuscht waren. Aber Johannes blieb undurchsichtig.

Dann aber kam er zum theologischen Teil seiner Ansprache. Sie enthielt natürlich eine Mahnung, auf dem „Weg Gottes" zu bleiben. Dabei nannte Johannes seinen Bruder einerseits mehrfach ein Vorbild, andererseits wirkte er in diesen Momenten nicht aufrichtig. Er sah aus, als glaube er seine eigenen Worte nicht. Das, was er hier über seinen Bruder verkündete, schien nicht zu dem zu passen, was er tief im Herzen fühlte. Endlich wurde Kristin klar, was sie die ganze Zeit an der gesamten Familie Schäfer irritierte: Was sie predigten und wie sie dabei wirkten, passte schlicht nicht zusammen. Nicht dass sich Kristin mit Glaubenssachen sonderlich gut auskannte, aber für dieses Gefühl der Unstimmigkeit brauchte sie kein Theologiestudium. Wieder fiel ihr ihre Großmutter ein. Für die war der Glauben etwas gewesen, das sie froh und Menschen zugewandt hatte werden lassen. Bei den Schäfers war Glauben Leistungsschau – und Verbergen, wo man selbst versagte.

Am Ende der Predigt war sich die Kommissarin sicher: Jakob Schäfer muss seinem Bruder und dessen Familie mehr angetan haben, als sie wegen des Beines anzulügen. Johannes Schäfer wirkte, als wünsche er seinen Bruder direkt in die Hölle, auch wenn er davon sprach, wie dieser nun im Paradies ankomme.

Einige Lieder später lud Johannes Schäfer zum Gebet. Er begann mit einem langen Gebet, Gott und alle Anwesenden mögen seinem Bruder alle Verfehlungen vergeben. Dann kamen weitere

Brüder und Schwestern nach vorne, hoben die Hände zum Himmel und beteten im Grunde das Gleiche noch einmal nur in ihren Worten. Für Kristin klang alles gleich. Wie viel die Trauerhalle wohl mehr kostete, wenn man Trauerfeiern in Überlänge feierte? Langsam kam die Kommissarin an ihre körperlichen Grenzen. Sie schloss die Augen, lehnte sich noch intensiver an der Wand an und tauschte die Stärke ihrer Ohrstöpsel in „besonders schalldicht".

Als sich die Gäste der Trauerfeier zum Grab aufmachten, entschied sich Kristin, nach Hause zu gehen. Nur mit einem ordentlichen Mittagsschlaf wäre sie jetzt noch in der Lage, nachmittags zum Kaffeetrinken zu den Schäfers zu gehen. Auf dem Heimweg ging es leicht bergab. Trotzdem war Kristin froh über ihr neues E-Bike und ihrer Freundin Katja zutiefst dankbar, dass sie sie damit überrascht hatte.

Pünktlich um drei Uhr war Kristin im Garten der Schäfers. Sie hatte sich in der Mittagspause verblüffend gut erholt, trotzdem hielt sie sich etwas abseits. So konnte sie besser beobachten und gleichzeitig Kräfte sparen. Stimmengewirr, viele Gesprächspartner auf einmal und Durcheinander wollte sie vermeiden.

„Neu hier?", sprach sie ein Mann an, der deutlich als einer der Brüder von Johannes und Jakob zu erkennen war. Welchen biblischen Namen mit „J" er wohl trug?

„Gefällt es Ihnen hier?", fragte er weiter. Kristin Neven versuchte höflich ausweichend zu antworten. Aber mit feinem Gespür hatte ihr Gegenüber ihr Zögern bemerkt und lachte.

„Ich bin Jeremias", stellte er sich nun vor. „In der Familie werde ich aber „Jerobeam" genannt." Kristin blickt ihn fragend an. „Von Jerobeam wird in der Bibel erzählt, dass er einer der schlimmsten Könige Israels war. Wenn in der Bibel ein König böse und verkehrt ist, heißt es über ihn immer so etwas wie: „er wandelte in der Sünde Jerobeams",- war also fast genauso schlimm. Nun wissen Sie, was meine Familie von mir hält. Sie können also offen mit mir sprechen."

„Sie haben Recht. Ich gehöre normalerweise nicht hier her. Ich habe mit Ihrem ermordeten Bruder im gleichen Haus gewohnt. Mir ist das hier alles noch sehr fremd", lachte Kristin nun auch.

Jerobeam-Jeremias fasste Vertrauen zu Kristin und begann zu erzählen:

„Meine Geschwister haben alle an ihren Wohnorten ähnliche Hauskirchen aufgebaut wie diese hier. Alle laden die Kinder des Stadtteils ein, alle wollen über die Kinderbespaßung an die Familien. Es ist ein richtiger kleiner Wettstreit zwischen ihnen. Manche sind in soziale Brennpunkte gezogen, weil dort die Eltern nicht so genau nachfragen, wo ihre Kinder nachmittags hingehen. Nur ich bin vom rechten Glauben abgefallen und Musiker geworden. Aber wie Ihnen vielleicht aufgefallen ist: selbst als Berufsmusiker darf man nicht auf der Beerdigung seines Bruders mitspielen, wenn man nicht mehr ‚richtig' glaubt."

Außer einem Sittengemälde der Familie Schäfer und einem netten Gespräch mit Jerobeam-Jeremias Schäfer hatte der Nachmittag keine weiteren Erkenntnisse gebracht, nur unendliche Erschöpfung. Hinterher lag Kristin vollkommen entkräftet auf dem Sofa, fand aber keine Ruhe und keinen Schlaf – wie so oft, wenn sie sich übernommen hatte.

Abends schickte Katja ihr eine Nachricht: „Unser „Lieblingskollege" Nils Baumgart hat soeben Jakob Schäfer in U-Haft setzen lassen. Er hält ihn für den Mörder. Was glaubst du?"

Kristin schrieb zurück: „Das kann ja spannend werden morgen Abend in der Gebetsstunde."

Mittwoch

Morgens um vier Uhr wachte Kristin Neven auf. Ihre Arme und Beine schmerzten als seien sie seit Stunden abgeschnürt. Ihr Kopf dröhnte. Sie lag im Bett und der Körper fühlte sich an als sei alle Kraft aus ihm gewichen. Das Ticken der Wanduhr drang mitten in ihren Kopf und dröhnte dort wie Kanonenschüsse. Jeder Nerv schmerzte. Ein Gefühl, als hätten sich sämtliche sadistischen Lehrer und Lehrerinnen mit Tafel und Kreide in ihrem Schlafzimmer versammelt und veranstalteten einen Wettbewerb in Kreidequietschen.

Kristin Neven kannte diese Zustandsverschlechterung nach Belastung nur zu gut. Sie war der quälendste Teil ihrer Krankheit, der Teil, der sie daran hinderte, unbeschwert ins Leben zurück zu kehren: „post exertional malaise", PEM abgekürzt. Sie fragte sich jedes Mal, wenn sie es erlebte, ob die, die sich den Namen und die Abkürzung dafür ausgedacht hatten, damit lautmalerisch beschreiben wollten, wie nachhaltig es einen dabei umhaut: „bäääm!". Sie kannte das Gefühl gut genug um zu wissen, dass der heutige Tag bereits um vier Uhr morgens gelaufen war. Wenn sie es schaffte, später vom Bett aufs Sofa umzuziehen, und sich über den Tag verteilt etwas zu Essen zu machen, war das viel. Jetzt galt es, Ruhe einzuhalten und jede weitere Anstrengung und äußere Reize zu vermeiden. Heute und eventuell morgen würde sie absolute Stille brauchen, damit die Schmerzen wieder erträglich würden und das bleierne Gefühl von Lähmung nachließe. Gestern hatte sie in der Aufregung des Tages nicht auf ihre Grenzen geachtet und deutlich mehr gemacht als sonst. Dass PEM aber auch so dämlich zeitversetzt eintrat! In der eigentlichen Situation merkte sie nie etwas von dieser Überlastung, erst, wenn es bereits zu spät war. Und immer waren es die Tage, an denen sie sich gut gefühlt hatte. An denen überschätzte sie sich und musste später teuer dafür bezahlen. Inzwischen war sie zu der Überzeugung gelangt, dass die so genannten guten Tage in Wahrheit die schlechten waren, weil sie an diesen nicht in der Lage war, ihre aktuellen Grenzen zu erkennen. Kristin drehte sich noch einmal um und versuchte zu schlafen.

Katja war eingeteilt, gemeinsam mit Nils Baumgart Johannes Schäfer zu befragen. Ihre eher ruhige, aber klare Art der Befragung passte keineswegs zur eher emotionalen ihres Vorgesetzten. Der sah sich kurz vor dem Ziel, es fehlte lediglich ein Geständnis. Das aber legte Johannes Schäfer nicht ab. Statt dessen blieb er hartnäckig dabei, er habe sich mit seinem Bruder stets gut verstanden und ihm lediglich mit dem Geld eine Freude machen wollen. Sein Bruder sei damit auf

Missionsfortbildungen gefahren und habe von dort so viel Segensreiches mitgebracht.

Im Laufe des Verhörs wurde Nils Baumgart immer aufgeregter, immer emotionaler, immer lauter. Es half nichts. Er kam kein Stück weiter. Frustriert gab er Mittags auf. Katja atmete erleichtert durch.

Nachmittags schickte Kristin eine Nachricht an Elisabeth Schäfer, dass sie krankheitsbedingt nicht zur Gebetsstunde kommen könne. Ein Schritt, der ihr nicht leicht fiel, hatte sie doch unbedingt wissen wollen, wie der Kreis auf die Verhaftung des Hausvaters reagierte. Aber ihr blieb nichts anderes übrig. Sie war immer noch gefangen in einem Körper, der sich wie gelähmt anfühlte.

Spät abends bekam sie Antwort von Elisabeth: „Wir haben eingeteilt, wer sich um dich kümmert: Rahel, Thomas und Tobi." Es schien für den Kreis nicht in Frage zu stehen, dass Kristin sich darüber freuen würde. Dass sie einfach nur zwei bis drei Tage absolute Ruhe brauchte, kam ihnen nicht in den Sinn. Kein Wunder. Wer kann PEM schon verstehen? Aber Besuch in dem Zustand konnte Kristin gar nicht gebrauchen. Wenn die drei sie morgen besuchen kämen, müsste sie hinterher gleich noch zwei Tage Ruhe anhängen. Sie hatte schon eingetippt, dass sie sich jedweden Besuch verbitte, da entschied sie sich um. Sie schrieb:

„Vielen Dank. Rahel kann am Freitag kommen, Tobi am Sonntag und Thomas am Montag. Jeweils 15 Uhr, genau eine Stunde, bitte pünktlich." Hoffentlich war sie bis Freitag um drei wieder fit.

Donnerstag

Nachmittags überließ es Nils Baumgart Katja, ein Geständnis aus Johannes Schäfer herauszuholen. Sollte sie doch sehen, wie sie das hinbekäme. Immerhin hatte sie ja den Verdacht auf Johannes Schäfer gelenkt.

Als Katja endlich ohne ihren Vorgesetzten mit Johannes Schäfer sprechen konnte, stellte sie als Erstes alle Aufzeichengeräte aus. Mit ruhiger Stimme meinte sie:

„Wissen Sie, wir spüren sehr deutlich, dass Sie uns nicht alles erzählen. Das macht uns naturgemäß misstrauisch und Sie verdächtig. Wenn Sie unschuldig sind, wie Sie behaupten, dann erzählen Sie mir Ihre Geschichte, und zwar die wahre Geschichte, nicht das Schöngefärbte der letzten Verhöre. Ich sehe, dass Sie etwas belastet. Was Sie jetzt sagen, bleibt unter uns."

Johannes Schäfer, von Nils Baumgarts Verhören bereits nervlich angespannt, wurde von dem plötzlichen Umschwung in der Stimmung vollkommen überrumpelt. Überrascht schaute er Katja an, die nickte ihm freundlich und offen zu. ‚Mir kannst du vertrauen', sagte ihr Blick. Da brach – Stück für Stück – in Johannes Schäfer eine innere Mauer in sich zusammen, und Katja spürte: diese Mauer hatte er nicht erst seit seiner Verhaftung aufgebaut. Sie war gewachsen seit jenem folgenschweren Unfall, der in Johannes ein tiefes Gefühl von Schuld hinterlassen hatte.

Ja, Jakob sei schwierig gewesen, berichtete Johannes Schäfer zunächst zögernd. Seit jenem Unfall habe er keine Gelegenheit ausgelassen, seinen Bruder an seine Schuld zu erinnern. Jakob ging dabei sehr geschickt vor. Wollte er seinen Willen durchsetzen, hinkte er mehr als sonst, zog das Bein deutlicher nach, stöhnte vor Schmerzen. Gleichzeitig zeigte er sich bereit, für seinen Bruder zu verzichten – hatte er im Leben doch schon auf so vieles verzichtet, seit sein Bruder ihm das Bein fast genommen hatte. Und hatten ihn die Schmerzen doch auch gelehrt, dass Gott den Nachsichtigen belohne. Er sei durch die Krankheit im Glauben mehr gereift als sein Bruder Johannes. Johannes, selbst noch voller Schuldgefühle auch Gott gegenüber, habe Jahre gebraucht, seinen Bruder zu durchschauen. Eigentlich fing er gerade erst damit an. Die monatlichen Zahlungen hatte er vor Jahren tatsächlich als Wiedergutmachung eingerichtet, es hatte aber nichts geholfen. Jakob hatte bereits einen festen Platz in Johannes Familie und war nicht mehr bereit, diesen zu verlassen. Er redete bei der Erziehung der Kinder mit, bei der Urlaubsplanung, bei der Renovierung des Hauses, bei allem. Und immer wusste er es besser und immer ging er davon aus, dass man auf ihn hören würde. War er doch durch seine Schmerzen im Glauben reifer als die anderen.

Über die Jahre wurde der innere Druck bei Johannes immer größer. Er begann zu sehen, wie auch die anderen Mitglieder seiner Familie unter Jakobs unterschwelligen Regime litt. Auch sie durchschauten das Spiel noch nicht, aber man merkte ihnen an, wie sie sich anders verhielten, wenn Jakob dabei war, ernster, gehorsamer, unterwürfiger. Nur sein Sohn Noah war anders, er begann, das gehässige Wesen seines Onkels zu übernehmen. Das war für Johannes das Schlimmste.

Katja verblüfften diese Worte. So weit sie es von Kristin erfahren und selbst mitbekommen hatte, gehörte ein gewissen Maß an moralischer und religiöser Erpressung durchaus auch zu Johannes Schäfers eigenem Verhaltensrepertoire. Aber es machte wohl einen Unterschied, ob man Dinge erleidet oder selbst ausübt.

„Ja, demnächst hätten wir uns sehr heftig gestritten, denn ich konnte nicht mehr", erzählte Johannes. „Immer dieser moralische Druck. Vielleicht hätten wir miteinander gebrochen und wären wir auseinander gegangen. Aber", er blickte Katja ernst an, „ich habe ihn nicht getötet. Das müssen Sie mir glauben."

Katja sah ihn an. Sie wollte ihm seine Unschuld glauben, aber sie war lange genug im Dienst um zu wissen, dass sie ihn nicht von der Liste der Verdächtigen streichen konnte. Eine jahrelang

aufgestaute Wut war ein durchaus handfestes
Motiv.

Freitag

Als Rahel gegangen war, dachte Kristin mit fahlem Gefühl an das, was die junge Frau über ihren Onkel erzählt hatte. Sie hatte kein einziges schlechtes Wort über ihren Onkel verloren, im Gegenteil. Ihr ganzes Leben schon war Jakob Schäfer in ihrer Familie aus und ein gegangen, war quasi Familienmitglied. Sie kannte es nicht anders und liebte den Onkel, wie man Onkels eben liebt. Aber Kristin sah, wie gestern schon ihrer Freundin Katja, ein trübes Bild der Familie. Auch Kristin erfuhr von Jakob Schäfers perfiden Art, die Religion ins Spiel zu bringen, wie er mehr oder minder unterschwellig mit Hilfe des Glaubens alles durchsetzen konnte, was er wollte. Wann immer er etwas von ihnen wollte, tat ihm sein Bein besonders weh. Dann flocht er mehr oder minder subtil ein, dass Gott selbst ihm Vergebung aufgetragen habe und wie wichtig Versöhnung und aufeinander zugehen doch sei. Wer will da widersprechen, wenn der Auftrag direkt von Gott kommt? Wer könnte wagen, einem Mann kleine Wünsche abzuschlagen, der selbst unter Schmerzen noch zur Vergebung bereit ist?

Dazu schaffte er es, seine Nichten und Neffen in einem Klima des schlechten Gewissens, Gott nicht zu genügen, aufwachsen zu lassen. Wo immer die Kinder aus der von ihm vorgesehenen Bahn auszubrechen drohten, fragte er nach, ob sie meinten Gott damit zu gefallen. Während

Rahel erzählte, hatte Kristin den Eindruck, Gott hätte sicher mehr Freude dran gehabt, wenn die Kinder unbeschwert ihre Kindheit genossen hätten, als ihrem Onkel zu gehorchen. Aber Kristins Konfirmationsunterricht war nun schon lange her, und so ganz sicher war sie in religiösen Fragen nicht.

Rahel, so merkte die Kommissarin, war in einem System groß geworden, im dem der Wille ihres Onkels als Wille Gottes galt. Und als Kind hatte sie keine Chance, dieses System auch nur in Frage zu stellen. Nun hatte sie es vollkommen verinnerlicht. Dazu gehörte auch, dass sie seine Ablehnung von Homosexualität genauso selbstverständlich teilte, wie die Ablehnung jeglicher vorehelicher Sexualität. Die Kommissarin erlebte eine junge Frau, von der durch den Tod ihres Onkels einerseits eine große Last von den Schultern gefallen war, und die andererseits den Halt und die Richtung verloren hatte. Letztlich hatte Jakob Schäfer die Familie fest im Griff gehabt, hatte sie finanziell ausgenommen und nach seinem Willen geformt. Wozu die Mitglieder der Familie wohl fähig gewesen wären, wenn sie wirklich von dem Betrug mit dem Bein erfahren hätten? Zu diesem Thema aber war aus Rahel leider nichts herauszubekommen. Als sie gegangen war, fragte sich Kristin, ob es eigentlich auch den Begriff „religiöser Missbrauch" gibt.

Samstag

„Wir mussten Johannes Schäfer freilassen", meinte Katja. „Wir können ihm vorerst nichts nachweisen".

Die beiden saßen bei Kristin auf dem Balkon, tranken Kaffee und aßen Kuchen, den Katja von der Bäckerei mitgebracht hatte. Die vergangenen zwei Tage PEM hatten Kristin vorsichtig werden lassen. Unter keinen Umständen wollte sie je wieder so nachhaltig zusammenbrechen wie vor einem Jahr. Zwar ging es ihr inzwischen deutlich besser als vor einem Jahr, aber von den Folgen dieses großen Crashs damals hatte sie sich noch lange nicht erholt.

„Nils Baumgart meint, Johannes Schäfer habe erfahren, dass das Bein längst ausgeheilt war, und sein Bruder ihn trotzdem für den Unfall hat zahlen lassen. Aber wir können es nicht nachweisen. Und selbst wenn wir es könnten, muss er deswegen nicht zum Täter geworden sein. Er war wütend auf seinen Bruder und hätte bald mit ihm gebrochen. Aber macht ihn das zum Mörder? Wir stecken fest."

Katjas Handy klingelte und lies die Stimme von Onkel Hans erklingen: „Nichte! Arbeite nicht so viel!" Die beiden hörten auf die Stimme und wechselten das Thema zu Onkel Hans.

„Das Pflegeheim hat mich angesprochen", erzählte Katja. „Seine Vorauszahlung in bar beinhaltet nur noch die nächsten drei Wochen. Aber er sei nicht bereit, mit ihnen über die weitere Finanzierung zu sprechen. Das sei nicht nötig, meine er nur. Ich habe auch versucht, ihn darauf anzusprechen, mit dem gleichen Ergebnis. Was macht man da?"

Einen Augenblick lang wand sich Kristin, dann entschied sie sich, deutlich mit ihrer Freundin zu sprechen:

„Wir beide haben unser ganzes berufliches Leben mit dem Sterben anderer Menschen zugebracht. Wir haben Dinge erlebt, die wir nicht für möglich gehalten haben, haben von Vorahnungen erfahren und von Vorbereitungen auf das Sterben. Wir haben erlebt, wie Menschen genau wussten, wann sie sterben werden, und dass sie sogar ein gewissen Mitspracherecht dabei hatten. Aber wenn es um unsere Liebsten geht, sind wir immer noch blind. Man will sie nicht gehen lassen. Aber dein Onkel Hans ist ein weiser Mann. Ich traue ihm zu, dass er weiß, wann er gehen muss. Wenn er sagt, eine Verlängerung wird nicht nötig sein, würde ich an deiner Stelle nicht über die Finanzierung des Pflegeheimplatzes nachdenken. Denke lieber daran, Sonderurlaub einzureichen und die letzten Tage und Wochen bei ihm zu verbringen."

Katja schluckte, und Tränen traten in ihre Augen.

„Du hast Recht, ich will ihn nicht gehen lassen. Aber ich werde es müssen. Aber für Sonderurlaub ist mitten in den Mordermittlungen ein denkbar schlechter Zeitpunkt. Den bekomme ich nie!"

Kristin aber hatte eine trickreiche Idee, wie ihre Freundin das launische Wesen ihres Vorgesetzten Nils Baumgart nutzen könnte, um vielleicht doch zu ihrem Sonderurlaub zu kommen.

„Ein Versuch wäre es wert!"

Noch einmal ertönte Onkel Hans Stimme: „Nichte! Arbeite nicht so viel!" Er hatte es sogar geschafft, den Ton vom Timer zu verstellen. Die gemeinsame Stunde der Freundinnen war abgelaufen. Es war Zeit, wieder auseinander zu gehen. Kristins Körper brauchte strikte Ruhe. Aber Katjas Seele brauchte ebenfalls Ruhe.

Sonntag

„Habe ich denn kein Recht darauf, eine Heilung wenigstens zu versuchen?" fragte Tobi?

Ganz vorsichtig hatte Kristin das Gespräch darauf zu bringen versucht, ob es für Tobi nicht der bessere Weg sein könnte, zu akzeptieren, dass er homosexuell ist. Sie hatte angedeutet, dass das, was die Familie Schäfer mit ihm täte, eventuell unter das Verbot von Konversionstherapien fallen könnte, also das Anbieten von vermeintlicher Heilung sexueller Orientierung. Aber Tobi wollte davon nichts wissen. Sein Lebensweg war aufgrund seiner sexuellen Orientierung so schwierig verlaufen, dass Kristin seinen Wunsch auf Veränderung zumindest nachvollziehen konnte. Eigentlich hatte sie gedacht, junge Menschen hätten es heute einfacher. Aber dem war nicht so.

Dass er anders als die Anderen war, wusste er spätestens in der Grundschule. Er war damals in der dritten Klasse und die Mädchen seiner Klasse hatten beschlossen, dass Dennis der Junge war, in den alle verliebt sein mussten. Er fand das auch. Dennis war der schönste, und Tobi war zum ersten Mal in seinem Leben verliebt. Dummerweise hatte er das laut zugegeben. Noch bevor er so ganz genau wusste, was „schwul" überhaupt bedeutet, wusste er schon, dass es das beliebteste Schimpfwort auf dem Pausenhof war.

Und von jetzt ab galt es bei jeder Gelegenheit ihm. Was immer es genau bedeutete, er wollte es auf keinen Fall mehr sein.

Keine Pause verging von nun an, ohne dass ihm jemand mitteilte, dass Schwulsein ekelig sei. Und je länger das so ging, desto schlechter wurden seine Leistungen. Er hatte sich auf die weiterführende Schule gefreut, und hatte gedacht, dort sei es anders. Inzwischen wusste er, dass er unter keinen Umständen erzählen darf, welchen Jungen er toll fand. Aber es nutzte nichts. Auch hier war alles, was den anderen nicht gefiel, „voll schwul". Klassenkameraden, die schon mit ihm in der Grundschule waren, erzählten den anderen, dass Tobi ebenfalls „voll schwul" war. Und so machten ihm die Mitschüler auch in der neuen Schule das Leben zur Hölle. Von Lehrern und Lehrerinnen kam selten Hilfe.

Kaum auf der weiterführenden Schule war er eher zufällig zum Kindernachmittag der Schäfers gestoßen. Hier achtete die Familie darauf, dass niemand gemobbt oder ausgeschlossen wurde. Einen Nachmittag in der Woche beschimpfte ihn niemand. So blieb er bei der Familie Schäfer, selbst als er längst zu alt für den Kindernachmittag wurde. Sie wurde seine Zweitfamilie.

Allerdings war auch hier eindeutig geklärt, dass er nicht schwul sein konnte. Das war der Preis dafür, ein Teil der Familie sein zu dürfen. Er musste versuchen, heterosexuell zu werden. Nun war es nicht mehr nur „ekelig“, wie in der Schule, nun war es obendrein „Sünde“, und für Gott selbst „ein Gräuel“, was immer das genau sein mochte. Mit einem Outing hätte Tobi alles verloren: seine Zweitfamilie, seinen Schutzraum vor den Böswilligkeiten seiner Klassenkameraden und vor allem: das Wohlwollen Gottes.

Mit siebzehn hielt er es nicht mehr aus. Er offenbarte sich Jakob Schäfer. Damit begann der Kampf um „Heilung“. Erst erklärte Jakob ihm, Tobi solle sein Vaterbild aufarbeiten. Sein Vater hatte ihn und seine Mutter verlassen, als Tobi fünf Jahre alt war. Dadurch hätten ihm männliche Vorbilder gefehlt. Er solle seine Männlichkeit entdecken lernen. Also arbeiteten er und Jakob gemeinsam sein Vaterbild auf, übten, „männlich“ zu denken, zu gehen, zu fühlen. Umsonst.

Als das nichts half, arbeitete er mit Jakob zusammen an seinem Glauben und seinem Gottvertrauen. Beides müsse tiefer werden. Es begannen Monate, in denen er tagelang betete, gemeinsam mit Jakob Schäfer und allein in seinem Zimmer. Aber es war nie genug und Gott erhörte seine Gebete nicht. Zuletzt war sich Jakob sicher, dass bei Tobi eine Art Besessenheit vorliegen müsse.

Nun also hatte Tobi Gewissheit. Dass etwas mit ihm nicht in Ordnung sei, hatte man ihm seit der Grundschule deutlich zu verstehen gegeben. Nun wusste er, dass es Besessenheit war. Genau so hatte es sich auch angefühlt, wie etwas, das er nicht loswurde, das ihn immer begleitete, obwohl er dagegen ankämpfte. Jetzt verfolgte ihn der Gedanken der Besessenheit bis in den Schlaf. In der psychiatrischen Landesklinik in Emmendingen hatte man ihn überzeugen wollen, dass es keine Besessenheit gäbe. Aber wie sollten die schon etwas vom Glauben verstehen, wenn sie selbst keinen hatten? Darum wehrte er sich gegen alles, was von dort kam.

Seine Mutter hatte seit der Trennung von seinem Vater darunter gelitten, ihm den Vater genommen zu haben. Als er ihr mit 17 erklärte, genau diese Trennung sei Schuld daran, dass er nun leide, hatte sie sich noch mehr als vorher entschieden, ihn in allem zu unterstützen. Sie begleitete ihn zur Gebetsstunde, fuhr ihn selbst nach Emmendingen in die Klinik und holte ihn selbst wieder ab. Sie bestätigte ihn in seinem Weg und ermutigte ihn, ihn zu gehen. Sie lebte davon, sich um ihn zu sorgen. Ab und zu brachte sie das Thema auf, ob es nicht doch leichter sei, einfach hinzunehmen, dass er schwul sei. Aber wenn er vehement ablehnte, war sie wieder auf seiner Seite und begleitete ihn.

Für Tobi war selbstverständlich, dass nur eines ging: Entweder er war homosexuell, oder er gehörte zu Gott. Er hatte sich für die Zugehörigkeit zu Gott entschieden. Bei ihrer Großmutter hatte Kristin Gott anders kennen gelernt, nicht so autoritär. Nun ärgerte sie sich fast ein bisschen, dass sie sich mit Glaubensfragen nicht auskannte. Als Tobi ihr versicherte, dass die Bibel Homosexualität verbiete, konnte sie nichts dazu sagen. Denn was in der Bibel stand, wusste sie nicht genau. Als Jugendliche hatte sie zwar mehrfach versucht die Bibel zu lesen, aber nach wenigen Seiten hatte sie jeweils aufgegeben. Dort standen lange Listen, wer welchen Sohn gezeugt hätte. Das war jeweils der Moment, in dem sie entschied, dass sie der Inhalt der Bibel doch nicht so genau interessierte. Jetzt aber ärgerte sie sich über ihre deutlich lückenhafte Bibelkunde. An einem ihrer nächsten guten Tage, an dem sie sich auf längeren Texten konzentrieren könnte, würde sie versuchen herauszubekommen, ob man wirklich nicht queer und gläubig gleichzeitig sein konnte. In ihrer evangelischen Kirche war es möglich. Nahmen die die Bibel einfach nur nicht so ernst? Und wie kam es eigentlich, dass sich niemand fragte, was die Familie Schäfer den Landwasser Kindern in ihren Kindernachmittagen beibrachte? Kein Verein und keine Kirche könnte so agieren wie private Familien.

Nun aber war Tobi am Ende seiner Geschichte angelangt und fragte: „Habe ich denn kein Recht darauf, eine Heilung wenigstens zu versuchen?"

Hatte er ein Recht darauf? Welches Recht hat man, wenn man nicht einverstanden ist mit dem, wie man seinen Körper vorfindet?

Die Kommissarin antwortete: „Stell dir vor, jemand sagt mir, er wisse, wie er mich gesund macht. Stell dir vor, seine Art mich gesund machen zu wollen, hätte tatsächlich einzelnen Menschen geholfen. Viel mehr Menschen aber hätten im besten Fall nichts erlebt, im schlechtesten Fall großen Schaden genommen: hätte ich ein Recht darauf, so eine Heilung wenigstens zu versuchen? Gibt es nicht auch Dinge, die wir einfach akzeptieren müssen? Ich bin mir nicht sicher, ob es ein Recht darauf gibt, alles zu versuchen."

„Bei Gott", erwiderte Tobi, „ist nichts unmöglich!"

Gegen Gott hatte Kristin natürlich keine Chance.

An diesem Abend beschäftigte sie die Gottesfrage. Ihre Großmutter hatte ihr Gott als Freund an ihrer Seite nahegebracht. Seit sie die Schäfers und deren Hauskirche kennen gelernt hatte, fragte sie sich, ob deren Gott überhaupt der gleiche war wie der ihrer Großmutter. Der Gott der Schäfers schien vor allem Zumutungen für seine Menschen zu haben, ohne sie je dabei zu unterstützen, seine Regeln einzuhalten. Der Gott ihrer Oma war ihr deutlich sympathischer. Aber vielleicht hatten die Schäfers ja Recht? Schließlich mutete Gott auch ihr ihre Krankheit zu. Die Schäfers hätten wahrscheinlich schnell Antworten gewusst, warum sie litt. Spontan fielen ihr folgende Gründe ein:

„du hast nicht genug geglaubt"

„du hast nicht genug gebetet"

„du hast nicht auf die richtige Art und Weise gebetet."

Sympathisch machte das den Gott der Schäfers nicht. Schade, dass sie ihre Großmutter nichts mehr fragen konnte, wie sie diesen lieben Gott mit Krankheit zusammengebracht hätte. Wahrscheinlich hätte sie gesagt: „Gott ist die Kraft, die dich die Krankheit aushalten lässt." Das war auf jeden Fall nett von Gott. Aber dennoch wäre es ihr lieber gewesen, es gäbe erst gar keine Krankheit, oder man könne sie durch „richtiges" Beten loswerden.

All diese Gedanken mündeten in einem Elfchen:

Gott
Tausend Zweifel
Wer bist du
Warum tust du das?

Hilf!

Montag

Niemals hätte sich Katja vorstellen können, dass die schlechte Laune ihres Chefs noch zu steigern war. Nun aber führte er der gesamten Abteilung seine Höchstmaß an Missmut vor. Nachdem er Johannes Schäfer hatte wieder laufen lassen müssen, stand für ihn fest, wem er diese Blamage verdankte: Katja. Als er zum wiederholten Male vor versammelter Mannschaft formulierte, wie unfähig sie doch sei, nahm sie ihren ganzen Mut zusammen und sagte:

„Sie haben Recht. Ich denke, es wird das Beste sein, ich nehme drei Wochen Urlaub und belaste die Abteilung nicht weiter."

Dann stand sie auf, legte ihm ihren Urlaubsantrag und einen Stift zum Unterschreiben hin und schaute ihn freundlich an. Fünf Minuten später saß sie auf ihrem Fahrrad und fuhr nach Littenweiler zu ihrem Onkel ins Pflegeheim, noch immer vollkommen überrascht, dass Kristins dreister Plan ihr tatsächlich drei Wochen Urlaub eingebracht hatte. Aber Kristin hatte Recht: ermitteln kann man das ganze Leben lang, aber ihren Onkel hatte sie wahrscheinlich nur noch zwei bis drei Wochen. Es war Zeit, dem ins Auge zu sehen und sich in Ruhe von ihm zu verabschieden.

Nachmittags saßen Thomas und Kristin am See auf einer Bank und schauten zusammen aufs Wasser. Inzwischen war es Mitte Juni, die Liegewiesen waren gut gefüllt, auch der See schon voller Menschen, die ihre Runden schwammen. Am Ufer planschten kleine Kinder. Ein Entenpaar führte seine Küken aus und gewöhnte den Nachwuchs an Badegäste. Auf dem Stundenplan der Entenkinder stand wohl, „Menschen tun nichts". Jedenfalls liefen die Küken mit ihren Eltern direkt an den Füßen der Badegäste vorbei und ließen sich bereitwillig füttern.

Thomas und Kristin hatten schnell einen Draht zueinander gefunden, und Thomas hatte Vertrauen zu Kristin gefasst.

„Wenn es um Tobi ging, habe ich mich oft gefragt, wer von den beiden besessen war", berichtete Thomas, nachdem Kristin die Unterhaltung vorsichtig auf das Thema gelenkt hatte. „Jakob reagierte mit einer so unglaublich wuchtigen Leidenschaft auf Tobis Gefühle, dass es mir manches Mal kalt den Rücken herunter lief. Dass er dem Jungen nicht helfen konnte, machte ihn verrückt. Es wurde einem ganz anders, wenn er sich in den Wunsch hineinsteigerte, Tobi zu heilen. Am Abend vor dem Mord, in der Gebetsstunde, dachte ich, er dreht durch. Immer wieder legte er die Hände auf Tobis Kopf, immer fester krallten sich dabei seine Hände am Kopf fest. Am Anfang betete er noch zu Gott. Das waren wir gewohnt. Und es war ja auch das, worum uns Tobi regelmäßig bat. Aber dann wurde seine Stimme immer beschwörender, immer eindringlicher, immer lauter. Zwischendrin brüllte er Tobi an, sich gar nicht auf das Gebet einlassen zu wollen, sich nicht für seine Heilung zu öffnen. Der arme Tobi wurde immer nervöser, immer verängstigter. Die Tränen liefen nur so in Strömen sein Gesicht runter. Es war schrecklich. Selbst die anderen Schäfers saßen zunehmend betreten da. Tobi weinte, seine Mutter litt mit ihm Höllenqualen. Aber das schien Jakob nur noch mehr anzustacheln. Schließlich betete er nicht mehr sondern schrie den vermeintlichen Dämon direkt an, er solle ausfahren, den Jungen freigeben, zu seinen Dämonfreunden zurückkehren.

Ich wollte einschreiten, aber ich war selbst so betreten, so gefangen. Ich schäme mich dafür, aber ich war es nicht, der Tobi schließlich zu Hilfe gekommen ist. Das bedrückt mich bis heute, wenn ich an diesen Abend denke, dass ich nicht die Kraft gefunden habe einzuschreiten. Warum nicht? Wieso habe ich Jakob nicht gestoppt? Wir haben unsere Großeltern gefragt, wieso sie nichts gegen den Nationalsozialismus unternommen haben. Und ich kann nicht einmal einen Freund stoppen, der sich in einen religiösen Wahn hineinmanövriert!"

Thomas saß einen Moment still da und war, gefangen in seinen Erinnerungen, immer noch erschüttert über sich selbst. Und auch Kristin schwieg, tief betroffen vom Gehörten.

„Am Ende ist Nico eingeschritten. Nico! Ein siebzehnjähriger Junge muss übernehmen, was mehrere erwachsene Menschen nicht hinbekommen haben: Ich nicht, Brigitte Blanck nicht, Tobis Mutter nicht, Johannes und Elisabeth Schäfer nicht! Keiner von uns hatte es in der Situation geschafft, ‚Stopp' zu rufen. Wir haben ihn am Anfang gewähren lassen und haben den Moment verpasst, ihm Einhalt zu gebieten. Es gab eine furchtbare Schreierei zwischen Nico und Jakob. Aber der Junge war tapfer, das muss man ihm lassen. Jakob brüllte ihn mit wilder Stimme an, er solle ihn nicht abhalten, und ob er auch einen Dämon in sich trage. Nico brüllte tapfer zurück. Schließlich schrie Nico, Jakob sei nicht Gott, und wenn jemand fürs Dämonaustreiben zuständig wäre, dann sei es ja wohl Gott selbst. Das brachte Jakob ein bisschen zur Vernunft. Als Jakob endlich nicht mehr brüllte, breitete sich eine peinliche Stille aus. Alle saßen betreten da. Wieder war es Nico, der tapfere Junge, der die Situation rettete. Er meinte, er werde jetzt noch ein Gebet sprechen und dann auf sein Zimmer gehen. Dann betete er, Gott möge uns allen Ruhe und Gelassenheit schenken, Einsicht in das, was jetzt richtig sei. Daraufhin sagte er „Amen" und verließ den Raum. Beten ist eigentlich nicht seine

Frömmigkeit. Oft sitzt er da und lässt sie über sich ergehen. Und wahrscheinlich war es ihm selbst auch kein Anliegen, in der Situation zu beten. Aber er wusste, dass die Anderen nur so wieder zur Ruhe finden konnten. Ich ziehe meinen Hut vor dem Jungen und habe unendlich viel Respekt vor ihm."

Wieder herrschte Schweigen. Thomas, gefangen in seinen Erinnerungen, Kristin betreten und geschockt von dem, was sich keine 500m von ihrem Haus entfernt abspielte. Sie mühte sich um professionelle Distanz, denn auch emotionale Betroffenheit gehörte zu den Dingen, die die Zustandsverschlechterung PEM auslösen können. Darum war sie um Sachlichkeit bemüht.

Es war also keineswegs eine Gebetsstunde wie jede andere gewesen, wie die Mitglieder des Kreises übereinstimmend der Polizei zu Protokoll gegeben hatten. Der erste Ausschlag auf der Pulsuhr des Toten war geklärt. Aber wie war der Abend weiter gegangen? Viermal noch hatte die Pulsuhr ausgeschlagen, hatte sich Jakob an diesem Abend wahrscheinlich aufgeregt. Worüber? Und wer war dabei? So viele Fragen waren noch offen, als Kristins Timer piepste und sie daran erinnerte, dass ihre Kräfte endlich waren, und sie dringend eine Pause brauchte.

Bevor sie sich verabschiedeten, verabredeten sich die beiden, sich öfter zu treffen. Am einfachsten sei ein fester Termin, montags nachmittags von 15 bis 16 Uhr.

Zuletzt erfuhr sie noch, dass Jakob den Bungalow seines Bruders gemeinsam mit Brigitte Blanck verlassen hatte. Thomas war nach ihnen gegangen und hatte die Beiden von hinten gesehen, wie sie den Umweg um den Sportplatz einschlugen. Die Kommissarin rekonstruierte, dass es bei diesem Spaziergang zum zweiten heftigen Ausschlag der Pulsuhr gekommen sein musste.

Dienstag

Es klingelte stürmisch an Kristins Haustür – kurz-kurz-lang-kurz-kurz-lang – das Klingelzeichen von Max. Er stand so aufgeregt vor ihrer Tür wie sie ihn noch nie erlebt hatte. Der sonst so stille Bücherwurm zappelte fast vor Aufregung und fragte, ganz gegen seine Gewohnheit, nicht einmal nach, ob Kristin Kraft für ihn hatte. Er ging direkt durch ins Wohnzimmer.

Am Nachmittag hatte Max erklärt, er könne inzwischen allein ermitteln, Kristin müsse ihn nicht länger zum Kindernachmittag begleiten. Er käme aber hinterher zu ihr ins „Hauptquartier", wie er Kristins Wohnzimmer neuerdings nannte. Da stand er also mit vor Aufregung gerötetem Kopf im Hauptquartier und sah aus, als habe er etwas angestellt. Die ganze Körperhaltung verriet, dass er nicht genau wusste, ob er Kristin trauen und davon erzählen sollte. Gleichzeitig brannte er darauf, sich ihr anzuvertrauen. Mehr oder minder versteckt unter seinem Pullover hielt seine linke Hand irgendetwas fest. In der rechten Hand hielt er ein „Freundebuch".

„Was hast du ermittelt, Sherlock Holmes?" fragte sie ihn.

„Ich war bei Benjamin im Zimmer!", platzte es aus ihm heraus. „Wir haben uns etwas angefreundet. Eigentlich ist er ganz nett, nur ein bisschen komisch wie alle bei den Schäfers. Er hat mich gefragt, ob ich in sein Freundebuch schreibe." Dabei hob er das Buch in seiner rechten Hand hoch. „Weißt du, was ein Freundebuch ist?", fragte er vorsichtshalber nach. Er hatte einschlägige Erfahrungen mit Erwachsenen gemacht, die von dem, was Kinder beschäftigt, nicht die geringste Ahnung hatten. Aber Kristin konnte ihn in dem Punkt beruhigen. Sie hatte bereits bei diversen Nichten und Neffen in Freundebüchern mitgeteilt, welche Hobbys sie hatte und was früher in der Schule ihre Lieblingsfächer gewesen waren.

„Als er sein Freundebuch aus dem Regal holte, zog er noch ein zweites raus. Ich hab ihn gefragt, ob er zwei Freundebücher hat. Da hat er mir erklärt, dass in dem anderen nur Familienmitglieder stehen. Dann hat er geschaut, welches er mir gibt, und das mit den Familienmitgliedern zurück ins Regal gestellt."

Er schaute Kristin vorsichtig an und sie ahnte, wie die Erzählung weiter ging. Musste sie dann einen Vortrag über Diebstahl halten? Schließlich aber siegte ihre Neugier. Sie mühte sich also um einen Gesichtsausdruck, der Max veranlasste, weiter zu erzählen.

„Dann hat Benjamins Mama ihn kurz gerufen. Und ich hab gedacht: leichter können wir nicht schauen, was die Familie so denkt. Ich hab das Freundebuch der Familie mitgebracht!" Er zog das

Buch unter seinem Pullover hervor und hielt es triumphierend in die Höhe. Gleichzeitig lag in seiner Stimme Sorge, ob er deswegen Ärger mit der Kommissarin bekäme.

Kristin hatte keine Ahnung, ob sie in dieser Situation irgendeinem Erziehungsauftrag hätte nachgehen müssen. Aber da sie selbst extrem neugierig auf das Buch war, beschränkte sie sich darauf, Max zu erklären, dass illegal beschaffte Beweise vor Gericht leider nichts zählten. Er würde es zurück bringen müssen. Aber vorher würden beide jede Seite einzeln fotografieren. Und in ein paar Tagen würden sie ganz in Ruhe alle Einträge durcharbeiten. „Freundebuch für die christliche Familie" stand vorne auf dem Buch, und es entpuppte sich als Sonderanfertigung für den evangelikalen Markt: Man konnte das schönste Lobpreislied eintragen, seine Lieblingsbibelgeschichte und seinen Lieblingsbibelvers.

Nachdem Kristin jede Seite mit dem Tablet fotografiert hatte, versprach Max, das Buch gleich Morgen heimlich zurückzubringen.

Mittwoch

Die warmen Sonnenstrahlen des Frühsommers hatten Kristin und Nico auf den Balkon getrieben. Vom See her drangen die Geräusche spielender Kinder, freilaufender Hunde und rufender Hundebesitzer. Schon bald würde es in Freiburg wie jeden Sommer unendlich heiß sein, so dass man es auf Kristins Balkon nicht mehr würde aushalten können. Jetzt aber genoss sie die wohlige Wärme. Natürlich hätte sie ihre Zeit lieber aktiv und gesund zugebracht, gearbeitet, einen Ausflug oder Sport gemacht. Aber sie war nicht bereit, wegen ihrer Krankheit Trübsal zu blasen. Bis die Medizin endlich Heilung für ME/CFS kennt, würde sie das bisschen Leben, das diese Krankheit ihr ließ, in vollen Zügen genießen.

Nico saß ihr gegenüber und zeichnete still vor sich hin. Max war im Wohnzimmer geblieben und lag bäuchlings auf dem Fußboden und las. Er hatte gleich nach der Schule Benjamins Freundebuch zurück gebracht und war dabei auch das „Freundebuch für die christliche Familie" unbemerkt wieder losgeworden. Jetzt studierte er ein „Lexikon für Detektive". Seit er „ermittelte", beobachtete Kristin eine Veränderung an ihm. Er versank nicht mehr vollkommen in seiner Bücherwelt und nahm die Umwelt um sich herum mehr wahr. Auch jetzt las er das „Lexikon der Detektive", weil er sein Wissen hinterher in der realen Welt anzuwenden gedachte. Das war neu für ihn. Kristin hoffte, dass ihm diese Entwicklung guttun würde.

Sie selbst hing ihren Gedanken nach. Vor fast vier Wochen war Jakob Schäfer tot unter ihrem Balkon gefunden worden. Seit dem hatte sie deutlich mehr erlebt als die Monate davor. Ihre Seele genoss es, wieder etwas mehr am Leben teilzunehmen, ihr Körper aber reagierte mit empfindlichen Rückschritten. In den letzten Tagen hatte sie abends wieder mit kribbelnden Armen und Beinen auf dem Sofa gelegen, ein sicheres Warnsignal, dass sie ihrem Körper mehr zumutete, als gut für ihn war. Auch Radio und Fernseher wurden ihr wieder zu laut. Für ein Buch hatte die Konzentration schon die ganze Krankheit über nicht mehr gereicht. Aber sonst hatte sie wenigstens noch ein bisschen auf ihrem Handy herumgewischt. Nun lag sie abends mit geschlossenen Augen in der stillen Wohnung und konzentrierte sich aufs Atmen. „Ich atme ruhig ein – ich atme alle Anspannung langsam wieder aus", sagte sie sich bei jedem Atemzug. Für das bisschen Teilhabe am Leben in den letzten Wochen zahlte sie wahrlich einen hohen Preis.

Körperlich ginge es ihr besser, wenn sie das Ermitteln der Polizei überließe. Sie war gerade dabei, ihre wenigen Fortschritte der letzten Monate zu gefährden. Aber ihre Seele war so glücklich wie schon lange nicht mehr: endlich wenigstens ein bisschen am Leben teilhaben, endlich wenigstens ein Hauch von Abenteuer! Wie viel muss man auf den Körper hören und wie viel auf die Seele?

„Ich werde dich nicht mehr in die Gebetsstunde begleiten. Wenn du hin willst, dann geh. Ich bleibe hier!"

In die Stille ihrer Gedanken drang Melanie Fischers Stimme vom Nachbarbalkon. Schon einige Jahre lebte Kristin Wand an Wand mit Melanie und Tobi Fischer, aber zum ersten Mal bekam sie mit, dass die beiden stritten. Melanie Fischer versuchte, auf ihren Sohn einzureden. Der Klangfarbe ihrer Stimme nach zu schließen, hatte sie darin nicht viel Übung. Sie war ja auch stets bemüht, alles für ihren Sohn zu tun. Wenn es nur ihm gut ginge, dann war auch sie zufrieden.

Nun aber widersprach Melanie Fischer ihrem Sohn und wollte ihn nicht mehr zur Gebetsstunde begleiten! In ihrer Welt, die über 20 Jahre darin bestanden hatte, ihrem Sohn alle Wünsche zu ermöglichen, war das geradezu ein Aufstand, eine Revolution! Entsprechend war Tobi vollkommen erschüttert vom Ansinnen seiner Mutter und rief:

„Mama! Ohne dich schaff ich das alles nicht!"

Seine Mutter versuchte anzumerken, dass sie ihn nicht dränge, heterosexuell zu werden. Sie würde auch zu ihm stehen, wenn er schwul sei. Das wies Tobi weit von sich und bedrängte seine Mutter, mit ihm zur Gebetsstunde zu gehen. Schließlich knickte Melanie Fischer ein. Alles andere hätte Kristin auch überrascht.

Auch Nico hatte die Unterhaltung auf dem Nachbarbalkon bemerkt. Er flüsterte Kristin zu: „Ich hatte keine einfache Mutter. Sie hat sich nie um uns kümmern können. Aber wenn ich die da höre, denke ich: lieber eine Mutter, die sich gar nicht kümmert, als eine, die sich immer und immer um alles kümmert. Wie soll Tobi je sein eigenes Leben leben, wenn seine Mutter ihm alles abnehmen will?"

Hatte Kristin vorhin noch darüber nachgedacht, die Gebetsstunde ausfallen zu lassen um sich zu schonen, war sie nun entschieden: Johannes Schäfer frisch aus dem Gefängnis entlassen, Melanie Fischer kurz vor der Revolte – um keinen Preis wollte sie sich das heute Abend entgehen lassen.

Hinterher war sie enttäuscht. Tobi und seine Mutter ließen sich ihre Auseinandersetzung am Nachmittag nicht anmerken. Ganz leicht meinte Kristin in Melanies Haltung eine gewisse Ablehnung der Veranstaltung gegenüber zu spüren. Oder interpretierte sie das nur hinein? Tobi bat besonders intensiv um Heilung und gab sich dem Gebet mit voller Leidenschaft hin.

Über Johannes Verhaftung und Freilassung wurde wenig gesprochen. Kurz wurde daran erinnert, wie viele tapfere, gläubige Männer in der Bibel unschuldig ins Gefängnis geworfen worden waren. Man brachte Namen ins Spiel, an deren Geschichte Kristin keine Erinnerung hatte. Außer Jesus kannte sie keinen.

Etwas aber blieb ihr nicht verborgen. Als alle anderen Johannes Unschuld feierten, warf seine Frau Elisabeth ihm einen besonderen Blick zu, so als sei sie sich nicht so sicher, wie unschuldig ihr Mann wirklich war.

Aber das war auch schon alles Bemerkenswerte an diesem Abend. Dafür also hatte Kristin ihr Energielevel erneut überzogen. Wenn sie das geahnt hätte, wäre sie zuhause geblieben. Aber so war die Krankheit: man musste entscheiden, wofür man die wenige Energie verbraucht. Und manchmal entschied man sich für das Falsche. Bis Samstag, wenn Katja Hans noch einmal mitbringen würde, würde Kristin jedenfalls Kräfte sparen.

Donnerstag

„Kurz-kurz-lang-kurz-kurz-lang"

Im Treppenhaus vor Kristins Wohnung stand Max und klingelte so aufgeregt und stürmisch wie er nur konnte. Er kam direkt aus der Schule, hatte den Schulranzen noch auf dem Rücken und war rot im Gesicht, so eilig hatte er es, Kristin zu treffen. Vor Aufregung wippte er mit den Füßen auf und ab. Ob sie sein Klingeln nicht gehört hatte, und er es noch einmal versuchen sollte?

Gerade,als er die Hand erneut zur Klingel hob, hörte er aus der Wohnung Schritte. So ein Glück! Sie hatte ihn gehört. Als sie endlich öffnete, platze es sofort aus ihm heraus:

„Hast du eine Bibel?"

Kristins Gesichtsausdruck wäre mit „verblüfft" nur sehr unzureichend wiedergegeben. Sie fragte sich allen Ernstes, ob etwas mit dem Jungen nicht stimmte, dass er wegen dieser Frage so aufgeregt war.

„Eine Bibel?", fragte sie entgeistert.

Max war schon vor ins Wohnzimmer – das Hauptquartier – gegangen.

„Hast du eine?", fragte er noch einmal, diesmal noch drängender.

„Irgendwo bestimmt. Aber willst du mir nicht erst einmal in aller Ruhe erklären, was los ist?"

„Wenn unsere Lehrerin krank ist, dann werden wir immer auf andere Klassen aufgeteilt. Wir bekommen ein Arbeitsblatt und immer drei oder vier sitzen zusammen in einer anderen Klasse. Heute waren wir wieder aufgeteilt. Und ich war zum ersten Mal in meinem Leben in einem Religionsunterricht. Eigentlich sollte ich ja mein Aufgabenblatt machen, aber dann habe ich mitbekommen, was die gerade lernen. Und genau das brauchen wir, um unseren Fall zu lösen!"

In Kristins Erinnerung an ihren Religionsunterricht kam nichts vor, was mit dem Lösen von Mordfällen zu tun hatte. Deswegen schaute sie Max immer noch fragend und irritiert an.

„In dem Freundebuch, da gab es doch diese Frage nach dem Lieblingsbibelvers. Und da standen Zahlen und Buchstaben. Und wir haben heute gelernt, wie man mit diesen Zahlen und Buchstaben nachschauen kann, was dort steht. Ich wette, wenn wir diese Stellen in der Bibel finden, dann entdecken wir ein Geheimnis!"

Kristin teilte Max Enthusiasmus nicht. Aber sicher schadete es ihm nichts, wenn er einen Nachmittag lang Bibelstellen in der Bibel suchte. Also schaute sie, wo sie ihre Bibel hatte. Etwas unangenehm berührt war sie von der Tatsache, dass sie nur eine Bibel fand, die sie vor über dreißig Jahren von der Schule ausgehändigt bekommen und aus irgend einem Grund nicht zurückgegeben hatte. Auf der zweiten Seite prangte dick und fett der Stempel des Goethe-Gymnasiums. Zur Bibel legte sie Max noch ihr Tablet mit den Fotos aus dem Freundebuch hin, begab sich wieder auf ihr Sofa, machte die Augen zu und konzentrierte sich auf die Bauchatmung.

Max aber verbiss sich geradezu in seine Aufgabe, die ihn in eine für ihn vollkommen fremde Welt entführte. Ab und an hörte Kristin ihn Sätze sagen wie: „was ist das denn für ein komischer Satz?" oder „und das ist ein Lieblingsvers? Verstehe ich nicht." Ähnliches dachte Kristin auch immer, wenn andere Menschen ihr ihre Lieblingsverse aus der Bibel erzählten. Zwei Stunden später erklärte Max:

„Ich kann nicht mehr. Ich mach morgen weiter. Diese Bibelverse sind echt merkwürdig. Ich lass die Liste mit Versen, die ich schon rausgesucht habe, hier, ok?" Sprach es, packte seine Sachen und verabschiedete sich.

Neugierig nahm Kristin den Zettel und las, was die Mitglieder der Familie, die sie kannte, als Lieblingsvers angegeben hatten:

- Elisabeth: Lk 1,41b: „Da wurde Elisabet vom Heiligen Geist erfüllt."

- Johannes: Mk 1,3: „Es ist eine Stimme eines Predigers in der Wüste: Bereitet den Weg des Herrn, macht seine Steige eben!"

- Rahel: 1 Mose 29,17: „Die Augen Leas waren matt, Rahel aber war von schöner Gestalt und von schönem Aussehen."

- Jeremias: 1 Kön 15,34: „Er folgte den Wegen Jerobeams und hielt an der Sünde fest, zu der dieser Israel verführt hatte."

- Nico: 1 Sam 21,16: „Gibt es bei mir nicht schon genug Verrückte, sodass ihr auch noch diesen Mann zu mir herbringt, damit er bei mir verrückt spielt? Soll der etwa auch noch in mein Haus kommen?"

Humor hatte Nico, das musste sie ihm lassen. Wie lange er wohl gebraucht hatte, diese Stelle in der Bibel zu finden?

Unter Jakob Schäfers Namen hatte Max eine ganze Liste von Bibelstellen aufgeschrieben, aus verschiedenen Büchern der Bibel, jeweils der 26. Vers des ersten Kapitels. Für heute aber war Kristin zu erschöpft, herauszubekommen, warum er das gemacht hatte. Sie würde ihn morgen danach fragen.

Freitag

„Nichte - "

Es ging bereits auf den Mittag zu und Hans lag im Schlafanzug im Bett. Für Katja ein sicheres Zeichen, dass es ihm gesundheitlich viel schlechter ging, als er es zugab.

„Ich habe in der letzten Zeit versucht, mit den ein oder anderen Menschen über meinen Tod zu sprechen. Aber immer kam nur: ‚Du stirbst schon nicht!'. Meinst du, wenigstens wir beide können diesen Teil überspringen und über das reden, was mir in diesem Zusammenhang wichtig wäre?"

Katja schluckte und nickte. Auch sie hätte am liebsten nicht zur Kenntnis genommen, wie sehr ihr Onkel in den vergangenen Tagen abgebaut hatte. Auch sie hätte seinen bevorstehenden Tod am liebsten verdrängt und nicht wahrhaben wollen. Aber dieses Gespräch war sie ihm wohl schuldig. Dann aber verlief die Unterhaltung anders als erwartet.

„Ich habe meine Beerdigung schon geplant und bezahlt. Meine Wünsche und alle nötigen Belege des Bestattungsinstituts liegen hier in dieser Mappe. Andere machen das, um ihre Angehörigen finanziell nicht zu belasten. Ich hab es gemacht, weil ich sicher gehen wollte, dass meine Sonderwünsche auch wirklich umgesetzt werden." Hans grinste spitzbübisch.

„Noch leben Geschwister von mir. Eigentlich müssten die mich unter die Erde bringen lassen. Aber dann bestellen die einen Orgelspieler, der „So nimm denn meine Hände" spielt. Das wollte ich vermeiden, wie du dir vermutlich gut vorstellen kannst."

Er reichte ihr einen Zettel aus der Mappe: „Lieder auf meiner Beerdigung" stand oben auf dem Zettel. Und darunter stand:

1. Rolling Stones: Satisfaction

2. Beatles: Let it be

3. Let Zeppelin: Stairway to heaven

Katja lachte bei der Vorstellung, wie Hans Geschwister bei der Beerdigung auf die Liedauswahl reagieren würden. Ganz sicher hatte er gut daran getan, diese Frage nicht seinen Geschwistern zu überlassen. Punkt für Punkt ging Hans nun die Details seiner Beerdigung durch. Und da er noch mehr entsprechende Anweisungen für seine Beerdigung vorbereitet hatte, wurde es für Katja wider Erwarten ein heiterer Nachmittag.

„Ich bitte dich, darauf zu achten, dass keines meiner Geschwister in die Beerdigung reinfunkt. Als Dankeschön habe ich bei meinem Freund Wolfgang eine Kleinigkeit für dich abgegeben. Das darf er dir aber nur geben, wenn die Beerdigung nicht nach den Vorstellungen meiner Geschwister abgehalten wurde! Versprichst du mir das?"

Katja versprach es, und Hans schaute lange schweigend aus dem Fenster. ‚Als schaut er schon dem Tod entgegen‘, dachte Katja. Eine geradezu feierliche Stille breitete sich im Raum aus. Schweigend nahm Hans die Hand seiner Nichte in die seine. Katja schluckte. Ihr Onkel hatte sie an vielen Situationen seines Lebens teilnehmen lassen. Aber dass er sie so nah an sich heran ließ beim Übergang in den Tod, erfüllte sie gleichzeitig mit Ehrfurcht und Stolz. Sie nahm sich vor, dieser Ehre gerecht zu werden, und ihn gehen zu lassen, wenn die Zeit dafür da war, und wenn es ihr noch so schwer fiele. Jetzt aber kostete sie das gemeinsame Schweigen aus.

Ganz anders ging es im gleichen Moment am anderen Ende der Stadt bei Kristin zu.

„Das macht doch alles keinen Sinn", stöhnte Max. Er lag auf dem Bauch auf Kristins Wohnzimmer-Fußboden. Um ihn herum einige Blätter, Stifte, das Tablet mit den Fotos des Freundebuchs. „Warum sind Bibelverse so komisch?"

Das hätte Kristin auch gern gewusst. Auch sie konnte mit einzelnen, aus dem Zusammenhang gerissenen Bibelversen selten etwas anfangen. Dass Menschen überhaupt einen

Lieblingsbibelvers hatten, war ihr ziemlich fremd. Trotzdem meinte sie:

„Zeig mal her."

Max sprang auf und brachte seine Unterlagen zu Kristin ans Sofa.

„Schau mal hier. Das ist der Eintrag des Mordopfers", sprudelte es aus ihm heraus. „Als er angefangen hat zu schreiben, hat er einen blauen Stift benutzt. Mit dem hat er auch seine Lieblingsbibelstelle aufgeschrieben. Und auch danach hat er mit dem blauen Stift weiter geschrieben. Hier sollte er seine Lieblingsgeschichte aus der Bibel aufschreiben. Da sieht man, wie der blaue Stift aufgehört hat zu schreiben. Mitten im Satz „Jakobs Kampf am Yabbok" wechselt er den Stift und schreibt jetzt schwarz weiter. Und als er schon den schwarzen Stift in der Hand hatte, fällt ihm auf, dass er die falsche Bibelstelle aufgeschrieben hat. Ganz gründlich streicht er den Namen des Buchs durch und schreibt statt dessen „Röm" hin. Das ist der Römerbrief, hab ich herausbekommen. Das Kapitel und den Vers der alten Stelle lässt er stehen: 1,26. Mit dem schwarzen Stift schreibt er noch ein ‚f' dazu. Das heißt, dass auch noch der nächste Vers dazu kommt.

Ich hab gedacht, die alte Stelle, die man nicht mehr lesen kann, hat vielleicht ein Geheimnis, das uns weiter hilft. Es war ihm nämlich ganz wichtig, die Stelle gründlich durchzustreichen. Schau, sonst streicht er Fehler so durch, dass man noch lesen kann, was darunter steht. Aber hier ist er ganz gründlich.

Wenn man ganz genau hinschaut, kann man sehen, dass entweder vor dem Namen des Buchs eine „2" stand, oder es mit S oder P oder O anfängt. Ich habe nachgeschaut, welche Bücher entsprechend anfangen. Das sind zum Glück nicht so viele. Und die haben oft im Kapitel 1 keine 26 Verse. Übrig geblieben sind nur diese Bibelstellen hier. Aber ich fürchte, da ist doch kein Geheimnis bei."

Kristin war schwer beeindruckt, was Max in einer einzigen Stunde Religion in der Schule so alles gelernt hatte. Fast tat es ihr Leid, dass sein ganzes Wissen und der Fleiß von zwei Nachmittagen wahrscheinlich nichts zur Auflösung des Falls beitragen würde. Aber dann sah sie Max Zettel noch einmal genauer an.

„Max, damit werden wir zwar den Fall nicht gleich lösen, aber ich glaube, wir können jetzt das Mordopfer besser verstehen!"

Kristin war plötzlich ziemlich aufgeregt. Jetzt schaute Max sie verblüfft an.

„Ehrlich?"

Es dauerte eine Weile, bis Max verstand, was Kristin ihm zu erklären versuchte. Dann aber meinte er:

„Aber davon hätte die Polizei doch irgendwas finden müssen! Hat Katja dir nichts Entsprechendes erzählt?"

Kristin verneinte.

„Kann ich Katja morgen unsere Ermittlungsergebnisse mitteilen?"

„Morgen bringt sie ihren Onkel Hans mit. Dann könnt ihr zwei in die Küche gehen und ich kann mich in Ruhe von Onkel Hans verabschieden."

Vorsichtshalber ließ sich Max noch einmal genau erklären, was Kristin in den Bibelstellen zu lesen meinte. Nicht, dass er es Katja falsch erklärte. Bibelstellen waren mit Abstand das Merkwürdigste, was er in seinem ganzen Leben gelesen hatte. Er verabschiedete sich in der Gewissheit, einen wichtigen Schlüssel zum Mordfall gefunden zu habe.

Montag

„Und warst du mal in Reha?", fragte Thomas.

Wie verabredet hatten sich Kristin und er getroffen und waren am See entlang zum Grillplatz gegangen. Obwohl sich ein heißer Sommer ankündigte und der See viele Freiburger anzog, konnte man montags noch recht ungestört dort sitzen. Erst am Wochenende wurde es unerträglich voll. Thomas hatte sich von Kristin das postvirale chronische Fatigue-Syndrom ME/CFS erklären zu lassen. Und Kristin gab gern Auskunft. Sie fand, je mehr Menschen begriffen, wie sehr diese Krankheit ins Leben der Betroffenen eingriff, desto besser. Bei Thomas Frage nach der Reha aber lachte sie bitter auf.

„Leider war ich", antwortete sie. „Seit dem ist es ja so schlimm."

Thomas schaute sie fragend an.

„Das eigentliche Problem ist die PEM, die post-exertionelle Malaise. Wenn du zu viel tust, treten plötzlich lauter schreckliche Symptome auf: Muskelschmerzen, Fieber, Geräusch-Überempfindlichkeit und vieles mehr. Deswegen soll man sich an seine engen Grenzen halten und nicht zu viel machen. Und wenn du längerfristig zu viel machst, summiert sich deine PEM zu einem großen Crash und du kannst manchmal wochen- oder monatelang nichts mehr tun. Es gibt ein paar

Reha-Einrichtungen, die mit PEM umgehen können. Aber ganz viele Einrichtungen behaupten zwar, sie seien auf LongCovid spezialisiert, haben aber von PEM und ME/CFS keine Ahnung. Sie machen einfach das, was sie immer machen: Sport, Sport, Sport. Für diejenigen mit LongCovid, die keine PEM haben, ist das auch alles gut. Aber mit PEM ist das das Schlimmste, was man machen kann. Aber das wusste ich damals noch nicht. Als ich vor einem Jahr in Reha ging, war ich fitter als heute. Ich habe darauf vertraut, dass man dort weiß, was man tut. Man hat mir ein ordentliches Sportprogramm verpasst, und ich habe treu versucht, alles mitzumachen. Schon nach einer Woche habe ich mitgeteilt, dass es mir schlechter ging. Aber das konnte sich niemand vorstellen. Man meinte, ich sei aus der Übung und fragte nach meiner Psyche. Am Ende der Reha bin ich zusammengeklappt und hatte einen riesengroßen Crash, einen Totalzusammenbruch. In die Reha bin ich noch selbst mit dem Zug gefahren, mit dreimal umsteigen. Zurück brauchte ich einen Liegendtransport. Danach konnte ich wochenlang mit Mühe und Not morgens vom Bett auf Sofa wechseln und abends wieder zurück. Wenn ich es vermeiden kann, werde ich in keine Reha mehr gehen."

„Aber wie würde die Krankheit denn richtig behandelt werden?"

„Das weiß im Moment noch niemand. Dabei lösen auch andere Viren ME/CFS aus. Die Krankheit ist seit über 50 Jahren beschrieben. Aber es hat niemanden interessiert. Es gab schon vor Corona geschätzt genauso viele ME/CFS-Kranke wie MS-Kranke. Jeder Arzt kennt MS; jeder Arzt kennt die zugelassenen Medikamente. Für ME/CFS aber gibt es noch kein einziges zugelassenes Medikament, nur solche, die einzelne Symptome versuchen zu lindern. Und ob dein Arzt die Krankheit kennt, ist ziemliche Glückssache. Aber durch das Coronavirus sind nun weltweit so viele Menschen betroffen – da wird mehr geforscht und die Ärzte werden mehr fortgebildet. Vielleicht ändert sich ja bald etwas. Bis dahin kann man nur eines tun: diszipliniert nichts!"

„Wie, nichts -" fragte Thomas nach.

„Nie crashen, praktisch nie PEM auslösen, Entspannungsübungen machen, den sehr langsamen Selbstheilungskräften möglichst wenig im Weg rumstehen. Dann kann man mit den Monaten ganz langsam immer mehr Leben zurückgewinnen."

„Und wann wirst du wieder gesund?"

„Im Moment geht die Genesung so langsam, dass meine Beschwerden von LongCovid eines Tages nahtlos in die Gebrechen des Alters übergehen werden. Aber man weiß nie: Vielleicht kommt bald ein Medikament, das hilft. Im Moment bin ich froh, wenn es mir irgendwann gelingt, wenigstens wie vor der Reha zu sein."

Beide blickten eine Zeitlang schweigend aufs Wasser. Dann meinte Kristin:

„Wenn du verstehen möchtest, was diese Krankheit bedeutet: der letzte Samstag ist ein gutes Beispiel. Meine beste Freundin hat einen Onkel, der hat Krebs im Endstadium. Wir waren, als meine Freundin und ich noch in den zwanzigern waren, oft mit ihm und dem Wohnmobil unterwegs. Daher war es naheliegend, dass Onkel Hans und ich uns noch einmal sehen wollten. Schon Tage vorher haben meine Freundin und ich uns per Textnachricht überlegt, wie wir das gut hinbekommen. Wie soll ich nach Littenweiler kommen? Selbst fahren geht gar nicht. Ich würde mit meinem Hirnnebel spätestens beim „Roten Otto" den ersten Unfall bauen. Straßenbahn geht auch nicht – die vielen Menschen, die Stimmen, das Geruckel, auch das löst PEM aus. Meine Freundin hätte mich auch abgeholt. Dann hätten wir im Stau auf dem Zubringer Mitte und auf der B31 gestanden. Bis wir im Pflegeheim gewesen wären, hätte ich schon kaum noch Kraft gehabt, mich zu verabschieden. Und dann muss ich noch einmal den gleichen Weg zurück gebracht werden.

Das Ende vom Lied war, dass Onkel Hans erklärt hat, er könne ja wohl mit dem Rollstuhl zum Auto und mit dem Auto zu mir gebracht werden. Und so war es denn auch. Ich bin weniger mobil als ein 80jähriger mit Krebs im Endstadium. Nach einer Stunde sind sie wieder gegangen – weil ich nicht mehr konnte. Er hätte noch bleiben können."

Thomas schwieg. Erst durch dieses Gespräch war ihm annähernd klar geworden, wie unglaublich raumgreifend Kristins Krankheit für sie war. Sie griff in komplett jeden Bereich ihres Lebens ein, in die Freundschaften, in die Freizeitgestaltung, in den Tagesablauf. Er selbst war ebenfalls wegen einer äußerlich nicht sichtbaren Erkrankung in Vorruhestand. Aber bei allen Problemen, die ihm diese Erkrankung machte, hatte er doch die Möglichkeit, Zeiten zu haben, in denen er die Krankheit vergessen konnte. Und wenn sie ihn besonders plagte, dann waren seine Freunde zur Stelle, ihn seelisch zu unterstützen. Aber genau das ging bei Kristin nicht. Sie hatte nicht die Kraft, das zu tun, was ihrer Seele gut täte: ausgiebig Zeit mit Freunden verbringen. Es war, so verstand er nun, eine unglaublich einsame Krankheit: keiner kann helfen, und selbst Menschen, die der Seele gut täten, schaden dem Körper. Er hätte Kristin gern einmal zu einem großen Ausflug eingeladen, dass sie einen Tag lang ihre Krankheit vergessen könnte. Aber genau das ging nicht. Sie würde diesen Tag mit tagelanger PEM und gesundheitlichen Rückschritten bezahlen.

„Kann ich dich irgendwie unterstützen?" fragte er Kristin.

„Du hast zugehört, und du hast die Krankheit ernst genommen. Damit hast du mich mehr unterstützt als die meisten anderen", antwortete Kristin. Normalerweise trug sie ihre Krankheit möglichst stoisch und gelassen. Aber jetzt schluckte sie die aufkommenden Tränen ihrer Verzweiflung herunter.

Dienstag

„Kurz-kurz-lang-kurz-kurz-lang" ertönte Kristins Klingel.

„Bleib liegen, ich mach dem Kurzen auf", meinte Nico zu Kristin und ging zur Tür, um Max zu öffnen. Der hatte versprochen, nach der Kinderstunde Bescheid zu geben, wie es war. Nun stand Max in Kristins Wohnzimmer und strahlte. Er und Benjamin hatten sich von den anderen Kindern abgesetzt und den Nachmittag in Benjamins Zimmer verbracht und – sich über Bücher ausgetauscht! Er hatte einen Gleichgesinnten gefunden.

Während Max noch erzählte, fiel sein Blick auf Nicos Zeichnung.

„Cooles Bild", meinte er. „Das ist doch die Tante aus dem 5. Stock, die den ganzen Tag am See rumhängt. Und das da ist das Mordopfer? Das ist beim Sportplatz hinten, oder? Egal, ich muss hoch!"

Schon war Max verschwunden. Nico aber war dunkelrot im Gesicht geworden. Kristin schaute ihn an.

„Du hast dir einen Kummer von der Seele gezeichnet, oder? Willst du es mir erzählen?"

Nico zögerte. Dann gab er sich einen Ruck. Es brannte schon lange auf seiner Seele, und letztlich war er froh, endlich mit jemandem reden zu können.

„Am Mordabend gab es einen heftigen Streit in der Gebetsstunde. Jakob und ich haben uns ziemlich angebrüllt. Es war furchtbar.

Ich bin dann offiziell auf mein Zimmer gegangen. Aber in Wahrheit bin ich aus dem Fenster geklettert und noch ein bisschen am Grillplatz gesessen. Ich war total aufgewühlt.

Und während ich da sitze, kommen Brigitte Blanck und Jakob. Es dämmerte schon, aber ich wollte sicher sein, dass die Beiden mich nicht sehen, vor allem Jakob nicht, nach der Schreierei. Also hab ich mich bei den Picknicktischen versteckt. Da konnte ich hören, was die beiden reden.

Brigitte hat ihre Schwärmerei für Jakob nie besonders gut verbergen können. Rahel und ich haben oft darüber gelästert. Aber dann hörte ich, wie Jakob in schroffem Ton zu ihr sagte: ‚Aber ich kann deine Gefühle nicht erwidern.‘ Offensichtlich hatte sie ihm gerade ihre Liebe gestanden.

In dem Moment ist etwas in Brigitte passiert. Ihre Stimme klang ganz kalt, als ob sie ihren Zorn nur mühevoll unterdrücken kann. ‚Bedenke, dass ich weiß, wie du deine angeblichen Missionsfortbildungen verbringst. Und ich nehme an, dass sich dein Bruder ebenfalls dafür interessieren könnte‘, meinte sie. Dann sind sie schon an mir vorbei gewesen. Ich hab gesehen, dass sie sich heftig stritten. Aber ich konnte kaum noch etwas verstehen. Ich meine, Brigitte habe einmal ‚500 Euro' gesagt, und nach einem bösen Lachen noch ein ‚monatlich' hinterhergeschoben. Ich kann es aber nicht mit Sicherheit sagen. Es klang, als erpresst Brigitte Jakob. Jedenfalls wirkte der entsprechend aufgeregt. Schließlich gingen sie auseinander: Brigitte zu den Häusern, Jakob in die andere Richtung um den See. Das Letzte, das ich noch gehört habe, war von Brigitte: ‚Überleg es dir gut. Ich meine es ernst.' Ich wollte gerade gehen, da konnte ich mich gerade noch rechtzeitig wieder verstecken. Denn plötzlich sehe ich, dass Brigitte Johannes trifft, und die beiden sich unterhalten. Sie waren beide sehr aufgebracht. Dann ging Johannes seinem Bruder nach auf die andere Seite des Sees. Ob er ihn dort getroffen hat, weiß ich nicht. Ich bin dann nach Hause gegangen."

Nico schwieg einen Augenblick und schaute Kristin nervös an.

„Hast du das der Polizei erzählt?" fragte sie.

„Ich weiß, ich hätte das müssen. Aber ich bin doch aus dem Haus geschlichen. Es ist gar nicht so einfach, unbemerkt aus dem Haus zu kommen. Alles ist gut zu überblicken, und überall im Garten stehen Bewegungsmelder, die einen verraten. Ich habe Wochen gebraucht, einen Weg zu finden, unbemerkt das Haus zu verlassen. Als die Polizei mit mir geredet hat, hatte ich Angst, dass ich meinen kleinen Fluchtweg aus dem Haus verliere. Jetzt denke ich oft, dass nichts sagen bestimmt strafbar war. Irgendwie weiß ich nicht, was ich machen soll."

‚Damit wäre Johannes als Täter wieder im Rennen', dachte Kristin. ‚Aber Brigitte ist es plötzlich auch.'

Kristin versprach Nico, ihm zu helfen, dass seine Aussage bei der Polizei vorerst nicht dazu führt, dass er seinen Fluchtweg verliert. Daraufhin erklärte er sich bereit, eine Aussage bei der Polizei zu machen. Als er Kristins Wohnung verließ, sah er sehr erleichtert aus.

Samstag

Es war bald 15 Uhr, und Kristin saß allein auf einer Bank in den Hügeln der March. Sie hatte Katja mitgeteilt, dass sie gedenke, nie wieder ein Wort mit ihr zu wechseln, wenn sie jetzt nicht bei ihrem Onkel Hans bliebe. Er hatte sich letzten Samstag von Kristin und am Tag danach von seinem Freund Wolfgang verabschiedet, seit dem hatte er unglaublich schnell abgebaut. ‚Als habe er jetzt alles auf dieser Welt erledigt, und wolle das Sterben so schnell wie möglich hinter sich bringen', dachte Kristin.

Ihre vergangenen Tage waren ruhig gewesen. Max hatte sich gleich mehrfach mit Benjamin getroffen. Einen Nachmittag waren die beiden Jungs zusammen zum Bücherbus gegangen, mit dem die Stadtbibliothek die Stadtteile anfuhr. Es schien, als bahne sich zwischen den beiden eine echte Freundschaft an. Obwohl sich Kristin für Max freute, vermisste sie ihn auf ihrem Sofa, mit seinen rotbraunen Wuschelhaaren und der schiefen Brille. Nico war zur Polizei gegangen und hatte anschließend Termine mit dem Jugendamt, Katja war bei Onkel Hans. Ob die Polizei wegen Max Hinweisen über das Mordopfer irgendetwas Neues ermittelte wusste Kristin nicht. Die Gebetsstunde war ruhig verlaufen. Man hatte für Rahels bevorstehenden Schulabschluss gebetet, dafür, dass bei Elisabeths Untersuchung beim Arzt alles gut gehen würde, um Gesundheit für die erkältete Monika Fischer, und zuletzt für die Erweckung Landwassers. Wäre sich Kristin nicht sicher gewesen, dass der Mörder oder die Mörderin von Jakob Schäfer Teil der Gebetsstunde ist, hätte sie sich für immer aus dem Kreis verabschiedet. So aber plante sie für die nächste Gebetsstunde eine kleine Eskalation.

Heute aber war sie endlich wieder einmal mit dem E-Bike losgefahren: am See entlang, aus der Stadt raus Richtung Hugstetten, in Hugstetten am Friedhof vorbei in die sanfte Hügellandschaft der March. Immerhin fünf Kilometer hatte sie geschafft. Nun saß sie auf einer Bank und schaute ins Land. Hinter ihr lagen die wuchtigen Berge des Schwarzwald. Vor ihr, in der diesigen Ferne konnte sie die Vogesen liegen sehen. ‚Dreißig Kilometer sind es bis Frankreich. Mit meiner Krankheit unendlich weit weg', dachte Kristin.

Die zurückliegenden ruhigeren Tage hatte sie genutzt, endlich ihre Internetrecherche zum Thema Homosexualität und Bibel anzugehen. Nun saß sie auf ihrer Bank, trank mitgebrachten Kaffee aus der Thermoskanne, blickte in die Weite und dachte noch einmal über die Ergebnisse dieser Recherche nach. Den ersten Erkenntnissen nach schien die Sache eindeutig, und Tobi hatte Recht. Es gab sieben Bibelstellen, die mehr oder minder offensichtlich Homosexualität verboten. Inzwischen aber war sie sich nicht mehr so sicher.

Zunächst erregte die Zahl der Bibelstellen ihr Misstrauen. Vor über dreißig Jahren, kurz vor dem Abitur hatte sie sich ausgerechnet, dass eine bessere Note in Religion sich deutlich zum Vorteil des Notendurchschnitts im Abiturzeugnis auswirken würde. Darum hatte sie ihren Religionslehrer am Goethe-Gymnasium gefragt, ob sie noch einmal über irgendetwas ein Referat halten könne. Den aber ärgerte der plötzliche Eifer, und so meinte er mit süffisantem Lächeln: „Für jede Bibelstelle, die Sie der Klasse zum Thema ‚Soziale Gerechtigkeit' vorstellen, bekommen Sie einen Punkt im Referat." Und da Kristin gern alle 15 Punkte für eine „eins" gehabt hätte, machte sie sich mit Feuereifer an die Aufgabe. Es war 1990, und das Internet kannte sie nur vom Hörensagen. Sie konnte die Bibelstellen also nicht einfach googeln. Die Bibel war dick, und sie hatte kaum eine Ahnung, was sie wo suchen sollte. Nach einer Woche gab sie auf und bat den Pfarrer, der sie konfirmiert hatte, um Hilfe. Das war ein älterer Herr mit Vollbart, Gitarre und selbstgestricktem, lila Lieblingspulli. Sie besuchte ihn in seinem chaotischen Büro und schilderte ihr Anliegen. Da ihm ‚soziale Gerechtigkeit' ein Herzensthema war, war er sofort mit Begeisterung bereit ihr zu helfen. Er brauchte für die 15 Bibelstellen weniger als 30 Minuten. Als er ihr bereits die 18. Bibelstelle nannte, getraute sich Kristin, ihm zu sagen, dass er aufhören könne. Sichtlich enttäuscht, fragte er sie, ob sie nicht zwei oder drei Referate halten könne, jeweils mit neuen 15 Bibelstellen. Dieser Pfarrer hatte sich zugetraut, an einem einzigen Nachmittag deutlich mehr als 30 Bibelstellen zum Thema ‚soziale Gerechtigkeit' zu finden. Sieben Bibelstellen zum Thema „Homosexualität" schienen nicht dafür zu sprechen, dass das Thema annähernd so viel Gewicht hatte, wie Tobi, die Teilnehmenden der Gebetsstunde, viele Kirchen und Gemeinden ihm gaben, vor allem im Vergleich zum Stellenwert der ‚sozialen Gerechtigkeit'.

Als nächstes hatte sich Kristin die Bibelstellen genauer angeschaut. Worte wie „schwul", „lesbisch" oder „homosexuelle" kamen nicht vor. Dass es darum ging, musste man aus dem Zusammenhang schließen. Kristin schätzte ihre eigene Religiosität und Kenntnis ihres Glaubens nicht wirklich hoch ein und fühlte sich bei einer solchen Einordnung deutlich überfordert. Aber bei zwei der sieben Stellen konnte sie nach über dreißig Jahren bei der Polizei sicher sagen, dass es nicht um Homosexualität ging. Die beiden Stellen stammten aus zwei sehr ähnlichen, und, wie Kristin fand, scheußlichen Geschichten, in denen die männliche Nachbarschaft einen Gast vergewaltigen will. Das allein verwirrte Kristin noch nicht. Schwule Männer waren ja nicht automatisch besser als heterosexuelle. In den beiden Bibelgeschichten aber ließen sich diese Vergewaltigungsgelüste auf Frauen umleiten. Das passte so gar nicht zu Schwulen. In ihrer ganzen Karriere bei der Polizei hatte sie noch nie erlebt, dass ein Schwuler, frustriert, weil er keinen Mann vergewaltigen konnte, statt dessen eine Frau vergewaltigte. Blieben also nur noch fünf Bibelstellen übrig.

In zwei weiteren Stellen stand das Wort „Knabenschänder". Und wieder fand die Polizistin in Kristin nichts, warum eine Bibelstelle, die das Schänden von Knaben ächtete, mit Schwulsein in Verbindung gebracht wurde. Pädophilie und Homosexualität sind zwei vollkommen verschiedene Dinge.

Eine der verbleibenden drei Bibelstellen sah für Sex zwischen Männern die Todesstrafe vor. Das warf in Kristin die Frage auf, ob Bibelstellen eigentlich so gedacht sind, dass man ihnen gehorcht. Wie es so passiert beim Surfen im Internet, kam sie von dieser auf die nächste Seite. Am Schluss wusste sie, dass die Bibel, sowohl im Alten, als auch im Neuen Testament, vollkommen selbstverständlich von Mehrehe und von Sklavenhaltung ausging. Bei der Sklavenhaltung wurde sogar ausdrücklich darauf hingewiesen, dass Sklaven unbedingt in ihrem Sklavenstand bleiben sollten. Trotzdem war ihr nicht bekannt, dass Christen sich für Sklavenhaltung oder für die Mehrehe einsetzten. Bei diesen Themen war es offensichtlich Konsens, dass man nicht jedem Bibelvers blind gehorchen musste. Ihr brummte bereits der Kopf und ihre krankheitbedingt beschränkte Aufmerksamkeitsspanne war längst an ihr Ende gekommen. Aber so langsam fragte sie sich, ob nur die Bibelstellen galten, die die Sexualität anderer Menschen einschränkten.

Als sich ihr Kopfnebel wieder etwas lichtete, hatte sie sich spaßeshalber noch gefragt, warum Bibelstellen, die Sex zwischen Männern verbieten, eigentlich Frauen mitmeinten. Wenn es um die Frage ging, wie ein Bischof zu sein hatte, waren Frauen doch auch nicht mitgemeint.

Am Ende hatte sie die Thematik nicht ganz durchdrungen. Aber sie hatte verstanden, dass es auch viele ernstzunehmende Christen und Christinnen gab, die diese Bibelstellen nicht so eindeutig lasen. Sie hatte ein paar Internetadressen aufgeschrieben, die sie bei Gelegenheit Tobi geben wollte. Darunter war auch die Seite einer Gottesdienstgemeinschaft für queere Menschen in Basel, die bereits seit Jahrzehnten miteinander Gottesdienst feierten.

Um 15 Uhr klingelte Kristins Handy – ein Videoanruf von Katja. Sie war bei Hans, er hatte das Bett seit vier Tagen nicht verlassen, seit heute reagierte er kaum noch auf ihre Ansprache. Katja sah elend aus und Kristin konnte die Spuren ihrer Tränen deutlich erkennen. Unter normalen Umständen hätte Kristin sich jetzt um sie gekümmert, ihr etwas zu essen gebracht, oder darauf geachtet, dass sie das Schlafen nicht vergaß. Katja kümmerte sich seit einem Jahr um ihre Freundin. Nun hätte es eigentlich umgekehrt sein sollen, aber Kristins Krankheit ließ es nicht zu. Schon lange konnte sie ihren Teil zur Freundschaft nicht mehr beitragen. Das schmerzte sie immer, aber jetzt schämte sie sich zusätzlich. Es war es fast nicht auszuhalten.

„Nutze die letzte Zeit mit ihm", sagte Kristin und wollte den Anruf bereits beenden. Aber da fiel Katja noch etwas ganz anderes ein:

„Max und du, ihr hattet übrigens Recht. Wie es aussieht, war das Mordopfer tatsächlich schwul. Unsere Techniker haben noch einmal seine Kleidung untersucht. Unter dem Blut gab es tatsächlich eine Spermaspur, die nicht vom Opfer selbst stammt. Du musst mir noch einmal in Ruhe erklären, wie ihr das aus Bibelstellen herausbekommen habt. Ich habe Max Erklärung nicht so genau verstanden."

„Wie konnte das so lange übersehen bleiben?", fragte Kristin.

„Die Spur lag komplett unter dem Blut. Und andererseits haben wir schlicht nicht danach gesucht. Ein homophober Single – wer sucht da nach fremden Spermaspuren?"

„Gibt es Hinweise, dass dieser Sex nicht einvernehmlich gewesen wäre?" fragte Kristin.

„Wir haben keine gefunden. Jetzt müssen wir nur noch herausbekommen, von wem sie stammt. Dann haben wir vermutlich auch den Täter."

Kristin fiel es wie Schuppen von den Augen, zu wem die Spermaspur gehörte. Aber in ihr sträubte sich alles gegen diese Erkenntnis. Nicht er! Sie wollte es nicht wahrhaben. Aber es war das letzte Puzzleteil, das ihr noch gefehlt hatte, der Grund, warum Thomas Schobert wie ein Witwer auf der Beerdigung gesessen hatte, warum er als Einziger im Kreis um das Mordopfer trauerte, warum er überhaupt zur Gebetsstunde ging, in die er so gar nicht zu passen schien: Die Beiden sind ein Paar gewesen!

Warum hatte Thomas sich darauf eingelassen? Jakob Schäfer hatte immer wieder deutlich gezeigt, dass er nie und nimmer zu dieser Liebe stehen würde. Am letzte Abend seines Lebens war er in eine religiöse Rage geraten, um bei Tobi den „Dämon der Homosexualität" auszutreiben – und wahrscheinlich auch bei sich selbst. Und irgendwann in den zwei Stunden bis zu seinem Tod hatte er selbst Sex mit einem Mann. Kristin war sich sicher, dass dieser fremde Mann Thomas Schobert war.

Es fiel ihr schwer, Katja von ihrem Verdacht zu erzählen. Schließlich tat sie es doch. Vorerst aber war sie nur bereit zu glauben, dass Thomas der unbekannte Liebhaber war. An seine Schuld als

Mörder würde sie erst glauben, wenn er ein Geständnis ablegte.

Auf dem Heimweg fuhr sie verschiedene kleine Sträßchen durch Hochdorf. Als sie zwischen der Grundschule und dem evangelischen Gemeindehaus entlang fuhr, sah sie davor eine Hochzeitsgesellschaft, die sich nach dem Hochzeits-Gottesdienst zum Foto aufstellte. Kristin blieb neugierig stehen. Die Gäste trugen Anzüge und schicke Kleider, die Pfarrerin stand im Talar fröhlich mittendrin. Über dem Eingang war ein großer Rosenbogen angebracht. Um das Gemeindehaus herum standen Stehtische bereit für den Sektempfang. Nun entdeckte Kristin auch das Hochzeitspaar: zwei ältere Herren im Anzug. Offensichtlich hatten sie keine Probleme gehabt, den Segen Gottes für ihre Ehe zugesprochen zu bekommen.

Abends fiel Kristin doch noch etwas ein, was sie für ihre Freundin Katja tun könnte. Ein paar Textnachrichten später ging sie zufrieden und früh ins Bett.

Sonntag

Nachmittags schlief Hans einfach ein und wachte nicht wieder auf.

Katja hatte diesen Moment seit Wochen gefürchtet, seit Tagen wusste sie, dass er kurz bevor steht. Dabei war sie immer davon aus gegangen, dass im Moment des Todes Schreckliches passieren würde, sie unendlich weinen muss, ihre Welt zusammenbricht, irgendetwas ganz Schweres.

Nun war Hans einfach eingeschlafen und lag vollkommen ruhig und zufrieden in seinem Bett. Vielleicht hatte sie es sich nur eingebildet, aber ihr war, als hätte er kurz vorher noch ihre Hand gedrückt. Dann hatte er noch einmal ausgeatmet und lag still da. Die Schmerzen, die sich in den letzten Tagen in sein Gesicht eingegraben hatten, waren verschwunden. Er strahlte echten, himmlischen Frieden aus.

‚Als sei der Tod das Beste, das ihm je passiert ist‘, wunderte sich Katja.

Sie blieb ruhig bei ihm sitzen und staunte über den Frieden im Raum. Ein Gefühl der Dankbarkeit überkam sie, für alles, was sie mit Hans hatte erleben dürfen. Einmal noch bedankte sie sich bei ihm, dass er an einer so wichtigen Stelle ihrer Jugend ihrem Leben eine neue Wendung gegeben hatte. Dann erst sagte sie auf der Station

Bescheid, rief das Bestattungsunternehmen und anschießend Kristin an.

Montag

„Du hast ihn geliebt, oder?" fragte Kristin Thomas.

Die beiden saßen, wie auch die letzten Montage, auf einer Bank am Moosweiher. Inzwischen war es schon sommerlich heiß in Freiburg. Aber hier am See war es noch gut auszuhalten. Eine Seniorensportgruppe zog mit Nordic-Walking-Stöcken schon die dritte Runde um den See. Neidisch blickte die Kommissarin ihnen nach. Sie war fast dreißig Jahre jünger als die meisten Senioren der Gruppe. Aber für sie war bereits eine einzige Runde um den See ein Tagewerk.

„Ja, sehr. Ich weiß auch nicht, warum. Er war kein guter Mensch. Er war manipulativ und schaffte es, sehr geschickt seinen Willen durchzusetzen. Er war die personifizierte Doppelmoral. In der Gebetsstunde gab er den Homo-Heiler, hinterher fuhren wir zusammen auf meine kleine Hütte im Schwarzwald. Er hatte Donnerstags frei, wir konnten ausschlafen, verbrachten einen schönen Tag miteinander in der Hütte im Wald, und spät abends fuhren wir wieder zurück. Im Dunkeln hin und im Dunkeln zurück, damit die Nachbarn nicht merken, dass er regelmäßig zu mir ins Auto stieg."

„Hat er deine Liebe denn erwidert?"

„Ehrlich gesagt weiß ich es nicht. Ich habe es gehofft. Wie ich auch gehofft habe, dass er eines Tages zu uns steht. Und dass er eines Tages mit seinen Spielchen aufhört. Aber ich habe mich geirrt. Ich dachte, unsere Liebe könne ihn erlösen, dass er seine guten Seiten zeigen kann, und seine falschen ablegen. Aber inzwischen glaube ich, er hatte gar keine guten Seiten. Selbst das, was ich dafür gehalten habe, war Teil seines Schauspiels."

„Jakob Schäfer wurde an einem Mittwoch Abend ermordet. Warum seid ihr an diesem Abend nicht auf die Hütte gefahren?"

„Wir wollten, wenn es dunkel genug war. Aber wir haben uns gestritten. Ich hatte das Auto schon vor eurem Haus geparkt, mitten vor der Einfahrt. Ich wollte ja gleich weiter fahren. Er stand auf der Wiese, fast unter deinem Balkon. Er hatte schreckliche Laune. Ich hatte eigentlich erwartet, dass er sich nach der Gebetsstunde abreagieren würde. Aber in den fast zwei Stunden muss irgendetwas passiert sein, das ihn ziemlich aufgebracht hat. Er war wie ein wütender Tiger in einem Käfig. Nur mühselig konnte er seine Wut bändigen. Wir sprachen kurz, aber er war vollkommen aufgewühlt. Ich nahm ihn in den Arm, hab ihn geküsst, wie sonst auch."

Thomas schwieg und blickte auf den See. Offensichtlich fiel ihm die Erinnerung schwer. Kristin hielt die Stille mit ihm aus und wartete einfach ab.

„Es ging so schnell," fuhr Thomas nun fort. „Plötzlich waren wir intim. Es war inzwischen ziemlich dunkel, wahrscheinlich hat er es überhaupt nur deswegen zugelassen. Wir standen immerhin direkt an seinem Wohnhaus auf der Wiese. Aber er wirkte, als wolle er damit nur seinen Frust kompensieren. Wie es mir dabei ging, schien in dem Moment keine Rolle zu spielen. Hinterher sprach ich ihn darauf an."

Wieder schwieg Thomas eine Zeitlang. Kristin hatte den Eindruck als kämpfe er mit den Tränen. Er schluckte.

„Da kam zu seiner Wut noch Boshaftigkeit dazu. Er schaute mich an, von oben bis unten, abschätzig." Wieder schluckte Thomas.

„Ob ich jemals geglaubt hätte, es ginge um mich, fragte er bissig, und warf noch ein paar Gemeinheiten hinterher. Die möchte ich nicht wiederholen. Da bin ich gegangen."

Eine große Frage stand noch im Raum. Hatte Jakob noch gelebt, als Thomas gegangen war? Wieder einmal fiel Kristin auf, dass sie die Motive von Mördern oft sehr gut nachvollziehen konnte. Oft dachte sie, sie hätte unter den gleichen Bedingungen ebenfalls Mordgedanken entwickelt hätte. Was hätte sie an Thomas Stelle getan? Wenn sie hätte erkennen müssen, dass sie monatelang nur benutzt wurde? Wenn jede Zärtlichkeit sich im Nachhinein als Theater entpuppte? Wieder einmal kam sie zur Überzeugung, dass jeder Mensch zum Mörder werden kann, wenn er vorher entsprechend gedemütigt worden war.

„Ich schwöre dir, als ich ging, hat Jakob noch gelebt. Es hat nicht viel gefehlt, und ich hätte ihn getötet. Ich hätte ihn aber erwürgt, weil ich kein Messer dabei gehabt habe." Während er das sagte, blickte er Kristin direkt in die Augen. Seinen Blick deutete sie als Erschrecken darüber, wie kurz davor er gewesen war, seinen Geliebten zu töten. In diesem Moment entschied sie, an Thomas Unschuld zu glauben. Gleichzeitig wusste sie, dass er wenig Chancen hatte, Kommissar Nils Baumgart ebenfalls davon zu überzeugen. Keine zehn Minuten vor dem Mord war er von dem Mordopfer zutiefst gedemütigt worden. Das würde für Verhaftung und Anklage reichen.

„Ich glaube dir", sagte sie zu Thomas. Sie wusste, sie würde die Einzige sein.

Zur gleichen Zeit saßen Katja und Nico auf dem Münsterplatz und aßen je einen großen Eisbecher. Kristin hatte die beiden zusammengebracht, damit Nico Katja helfen konnte, das Pflegeheimzimmer zu räumen. So hatten die Beiden Hans letzte Habseligkeiten in Katjas Wohnung gebracht. Dort standen sie noch wie Fremdkörper herum. Irgendwann würde Katja entscheiden müssen, was sie damit macht. Aber so kurz nach Hans Tod waren es kostbare Kleinodien.

Nun, auf dem Münsterplatz kamen die Beiden ins Reden, und Katja verstand, warum Kristin den Jungen mochte. Gut, dass Kristin ihr die Hilfe vermittelt hatte. Auch wenn sie zu nicht viel Kraft hatte, so tat sie doch, was sie konnte, um eine gute Freundin zu sein. Ohne Kristins Vermittlung hätte Katja das Pflegeheimzimmer allein ausräumen müssen. Dass Zimmer in Pflegeheimen aber auch immer so schnell geräumt werden müssen! Aber schon morgen soll der nächste Bewohner in das Zimmer einziehen.

Mittwoch

„Meine Seele kommt nicht zur Ruhe, weil die Person, die Jakob Schäfer ermordet hat, immer noch nicht ermittelt wurde", meinte Kristin, als die anderen sie baten, ihr Gebets-Anliegen zu formulieren.

„Du möchtest, dass wir für Frieden in deiner Seele beten?", fragte Johannes.

„Nein, dafür, dass die Person gefasst wird, die das getan hat", entgegnete Kristin. Sie hatte sich fest vorgenommen, das Thema ordentlich zu pushen und wenn irgend möglich eine Eskalation hervorzurufen. Jetzt musste sie da durch, so schwer es ihr auch fiel.

„Ich bin eine schwache Frau, geschwächt durch eine entsetzliche Krankheit. Die Vorstellung, dass ich vielleicht im gleichen Haus wohne wie der Mörder oder die Mörderin, lässt mir keine Ruhe. Vielleicht sitzt diese Person ja sogar heute Abend hier mit am Tisch und betet mit uns? Wie könnt ihr ruhig bleiben bei der Vorstellung? Johannes, Jakob war dein Bruder. Elisabeth, er war dein Schwager! Rahel und Noah, Jakob war euer Onkel! Brigitte, Thomas, Nico, Tobi und Monika, wenn Jakob nicht auch Freund für euch war, so war er doch euer Gebetsbruder. Lässt euch das kalt? Schaut euch um, einer von euch neun Personen könnte Jakob ermordet haben. Fragt ihr euch denn gar nicht, wer das gewesen sein könnte?"

Die Anderen blickten Kristin irritiert an. Ob die Krankheit solche Fantasien freisetzt? Vielleicht ist dieses Fatigue-Syndrom doch psychisch? Ihnen kam Kristins Krankheit ja von Anfang an komisch vor. Die Runde schwieg und sah Kristin mitleidig an.

Schon fürchtete Kristin, ihr Plan sei bereits nach zwei Minuten gescheitert, da ergriff plötzlich Thomas das Wort. Und dann passierte doch noch das, was Kristin sich erhofft hatte:

„Ich finde, Kristin hat Recht", pflichtete Thomas ihr bei. „Einer oder eine von uns könnte der Mörder oder die Mörderin sein. Aber wer? Motive hättet ihr ja alle gehabt. Tobi, denk an den letzten Abend, wie Jakob auf dich eingeschrieen hat. All die Jahre, die er dich vergeblich versucht hat zu heilen. Und dann muss man sich auch noch anbrüllen lassen, man habe einen Dämon in sich. Das ist doch ein Grund zu töten, oder?"

Tobi blickte erschrocken auf. Aber schon war seine Mutter Monika aufgesprungen und rief:

„Mein Sohn macht so etwas nicht! Andere hätten bessere Motive. Brigitte, wie ist das so, wenn der Angebetete so gar nichts von einem wissen möchte? Vielleicht hat er dir ja am Abend endlich mitgeteilt, dass er nicht an dir interessiert ist?

Immerhin seid ihr zwei ja gemeinsam nach Hause gegangen und habt sogar noch einen Umweg um den Sportplatz gemacht!"

„Die gleiche Frage könnte ich an Thomas stellen", rief Brigitte. „Wer hat Jakob denn immer angehimmelt?"

„Aber Thomas hat Jakob nicht zu erpressen versucht", schaltete sich nun Nico ein. „Fünfhundert jeden Monat hast du für dein Schweigen verlangt, Brigitte, noch dazu am Tatabend!"

Brigitte war dunkelrot im Gesicht geworden. In Sekundenschnelle verwandelte sich die freundliche, etwas aufgetakelte Frührentnerin in eine gefährliche Schlange.

„Wie hättest du kleines Gossenkind das bitteschön mitbekommen sollen? Warst du am Tatabend noch einmal unterwegs? Bist du deiner Pflegefamilie ausgebüxt, die es so gut mit dir meint? Erlaube mir die Anmerkung: Du hattest an dem Abend Streit mit dem Opfer, nicht ich. Wenn einer ein Motiv hat, dann du."

„Stimmt", meinte Nico. „Aber ich wäre an kein Messer gekommen. Wenn ihr mittwochs nach Hause geht, steht Elisabeth jedes Mal noch ewig in der Küche und spült eure Teetassen und räumt die Reste eurer Kräcker wieder weg. Außerdem hätte sie bestimmt der Polizei erzählt, dass ein Messer fehlt."

„Es sei denn" – Brigitte machte eine Kunstpause – „es sei denn, sie hält ihren Mann für den Täter. Denn du warst am Tatabend schließlich auch noch einmal unterwegs, Johannes. Wir haben uns an der Pizzeria getroffen, und ich habe dir selbst erzählt, dass dein Bruder auf die andere Seite des Sees zur Halfpipe gegangen ist. Das letzte, was ich von dir gesehen habe, war, wie du deinem Bruder nachgegangen bist."

„Was redest du da!", rief Johannes aufgebracht.

„Aber du warst unterwegs", warf Elisabeth leise ein. „Ich habe mich die ganze Zeit schon gefragt, wo du hin bist. Sonst erzählst du mir alles. Aber über diesen Abend schweigst du. Warum bist du noch einmal losgegangen? Was hast du erlebt? Hast du noch einmal mit deinem Bruder gesprochen? Worüber? Rede endlich."

„Es stimmt. Ich war noch einmal draußen." Johannes sprach nun sehr ernst und bedacht. Ihm war es wichtig, dass seine Worte die Bedeutung bekamen, die er sich wünschte, nämlich seine Unschuld zu beweisen. „Ich bin Jakob nachgegangen. Der Abend war für mich der Tropfen, der das Fass zum Überlaufen gebracht hat. Seit Jahren bestimmt und beherrscht er unsere Familie. Ich habe ihn noch einmal getroffen, hinten an der Halfpipe. Ich habe ihm gesagt, dass er aus unserem Leben verschwinden soll. Er hat sich furchtbar aufgeregt. Wir haben uns beide heftig angeschrien und uns Dinge an den Kopf geworfen, die eines aufrichtigen Christen unwürdig sind. Aber", er holte tief Luft und sah jeden in der Runde ernst an, „danach bin ich in die eine Richtung um den See gegangen und er in die andere. Als ich gegangen bin, hat Jakob noch gelebt."

‚Bis hierhin stimmt die Geschichte', dachte Kristin. ‚Damit wäre der fehlende Ausschlag auf Jakobs Pulsuhr erklärt, der dritte von fünf Ausschlägen, der an der Halfpipe. Als Johannes und Jakob sich trennten, hat Jakob definitiv noch gelebt. Dadurch aber ist Johannes' Unschuld noch lange nicht bewiesen. Es wäre für ihn ein Leichtes gewesen, nach Hause zu gehen, ein Messer zu holen und sich des Problembruders für immer zu entledigen.'

Kristin schaute sich in der Runde um. In Elisabeths Gesicht schien geschrieben zu stehen, dass sie sich die gleichen Gedanken machte. Rahel sah aus, als verstehe sie die Welt nicht mehr. Ihr Bruder Noah, der nach seinem Onkel Jakob kam, schien eine diebische Freude an der Situation zu haben. Genüsslich erhob er die Stimme und meinte:

„Brigitte, wie war das mit der Erpressung? Womit wolltest du ihn erpressen?"

„Erpressen, erpressen! Das sind böse Worte. Ich habe Jakob ein Geschäft vorgeschlagen. Ich dachte mir, dass es für uns beide von Vorteil ist, wenn es unter uns bleibt, wo er seine so genannten Missionsfortbildungen verbrachte." Brigitte schwieg mit diesem Schweigen, das zeigte, wie sehr sie hoffte, man möge noch einmal nachfragen. Einen Augenblick herrschte Stille, bis Noah ihr den Gefallen tat.

„Ich habe eine Schwester in Düsseldorf", holte sie umständlich aus. „Wir sehen uns nicht oft, aber wenn, dann bleibe ich ein paar Tage. Am Tag gehen wir in Düsseldorf schoppen, und abends in Köln ins Theater oder ins Konzert. Und kurz vor dem Mord war ich wieder da. Eines Nachts, auf dem Heimweg vom Theater – es war eine wunderbare Inszenierung – sehen wir Jakob. Er ging in eine Schwulenbar."

„Das ist nicht wahr!", rief Tobi aufgebracht. „Jakob hätte so etwas nie und nimmer gemacht. Und wenn, dann nur, um dort zu heilen!"

Brigitte fing schallend an zu lachen. „In dem Outfit?"

Kristin versuchte, aus Tobis Gesicht zu lesen, ob er von diesen Ausflügen wusste, oder ob er erst jetzt davon erfuhr. Er sah überrascht aus. Gleichzeitig hatte er ein Talent, für ihn unangenehme Wahrheiten so sehr zu verdrängen, dass es sie nicht gewundert hätte, wenn er es nur einfach nicht hatte wahrhaben wollen.

„Ich nehme an", holte Brigitte zum nächsten Schlag gegen Tobi aus, „wenn du es gewusst hättest, wärst du wütend genug für einen Mord gewesen, oder?"

„Mein Sohn macht so etwas nicht", rief Monika aufgebracht.

„Oha, die Löwenmama, die ihr Kleines verteidigt! Nur dass der Kleine gar nicht mehr so klein ist und längst besser ohne seine Mami klarkäme!" Brigitte war in Fahrt gekommen. Nun blickte sie sich um, ob es noch ein Opfer für sie gäbe.

„Jeder von euch hätte es sein können," rief sie in die Runde. „Johannes, du hast ihm jahrelang Missionsfortbildungen bezahlt. Aber dein Bruder fuhr lieber nach Köln in die Szene als auf Missionsfortbildungen. Elisabeth, Rahel, Noah, er hat euch in alles reingeredet, alles mitbestimmt! Rahel, dir wollte er sogar dein Studium an der Evangelischen Hochschule ausreden und dich statt dessen auf eine Bibelschule schicken – wahrscheinlich, weil das Schulgeld dort günstiger ist, und er nicht fürchten musste, dass sein Bruder die Zahlungen einstellte. Nico hat sich am Abend noch gestritten und ist hinterher aus dem Haus geschlichen. Thomas kann von enttäuschter Liebe genau so ein Lied singen wie ich. Jeder hier hätte es sein können. Aber Thomas besonders."

Die Anderen schauten Thomas an. Dann kippte langsam die Situation. Bisher hatte Kristin die Situation gut verfolgen können. Jetzt aber merkte sie, wie ihre Konzentrationsfähigkeit nachließ. Das wilde Durcheinander vertrug sich schlecht mit ihrem Hirnnebel. Nun aber schoss sich die Gruppe auf Thomas als Täter ein. Das hatte Kristin weder geplant noch erwartet. Im gesunden Zustand wäre sie ihm zur Seite gesprungen – immer noch in der Hoffnung, dass er tatsächlich unschuldig wäre. Nun aber musste sie hilflos zuhören, wie die Gruppe auf Thomas einredete. Von all den Worten blieben nur noch wenige haften. Nur einige zentrale Sätze konnte sie sich merken.

Rahel, immer bemüht um ein gutes Klima, meinte: „Schau Thomas, wenn du gefehlt hast, dann bekenne. Wer wären wir, dich zu verurteilen? Das kann nur Gott."

Monika rief: „Wenn ich denke, dass wegen dir mein Sohn des Mordes bezichtigt wurde!"

Noah stichelte: „Von der Sünde, in der Thomas lebt, ist es nur ein kurzer Weg zum Mord."

Elisabeth, froh, nicht mehr an der Unschuld ihres Ehemannes zweifeln zu müssen, bat Thomas, sich zum Wohle aller zu stellen.

Kristin an Thomas Stelle wäre längst aufgestanden und gegangen. Und auch Thomas sah so aus, als stünde dieser Schritt kurz bevor.

Da erklärte Johannes in der Art eines alttestamentlichen Patriarchen die Diskussion für beendet:

„Gott ist der Richter, nicht wir. Nicht an uns ist es zu urteilen, liebe Geschwister. An uns ist es, nun mit dem Gebet zu beginnen."

„Es tut mir Leid, uns heute so in Unruhe versetzt zu haben", meinte Kristin. „Und dann hat mich das Durcheinander an Stimmen auch noch besonders erschöpft. Ich kann leider nicht mehr zum Beten bleiben und muss mich verabschieden. Bis nächste Woche."

Thomas schloss sich ihr an. „Da man mich für einen Mörder hält, möchte ich euch vorerst nicht meine Gesellschaft aufnötigen."

Nun standen die beiden auf dem Bussardweg und atmeten tief durch.

„Es tut mir Leid, dass sie sich auf dich als Täter versteift haben. Ich hätte dich gern in Schutz genommen. Aber ich hatte die Kraft verloren." Dann gingen sie langsam durch den lauen Sommerabend zurück.

Samstag

Kristin und Katja hatten sich auf die E-Bikes gesetzt und waren die vier Kilometer bis Hugstetten gefahren. Nun saßen sie vor dem Restaurant direkt am Bahnhof an den Außentischen und aßen Burger. Kristin schaute sich die Tische unter den großen Sonnenschirmen an, hörte einen Zug anhalten, blickte auf ihren Burger mit Pommes. Wann war sie das letzte Mal hier gewesen? Sie kämpfte mit den Tränen des Glücks. Was für eine Freiheit, endlich einmal wieder etwas unternehmen zu können, und sei es noch so klein. Fast hätte sie vor lauter Glück nicht zugehört, was ihre Freundin Katja erzählte. Doch Katjas Erzählungen trübten Kristins Glück.

Es sah schlecht aus für Thomas. Auch die Polizei ging inzwischen davon aus, dass er der Täter war. Man hatte in seinem Auto das Handy und die Reisetasche des Mordopfers gefunden. Die Spermaspur war analysiert und eindeutig ihm zugeordnet. Alles sprach gegen ihn. Katja erzählte, was sie trotz ihres Sonderurlaubs erfahren hatte. Die gesamte Abteilung hatte sich bereits auf ihn festgelegt. Der Haftrichter hatte Untersuchungshaft angeordnet, die bereits seit Freitag vollstreckt wurde. Zwar fehlte noch der letzte Beweis, oder Thomas' Geständnis, aber die Indizien waren eindeutig.

„Ich weiß nicht", meinte Kristin. „Thomas versichert, dass Jakob noch gelebt habe, als er ging. Er wäre dann nur für den vierten der fünf Ausschläge auf der Pulsuhr verantwortlich. Als erfahrene Kriminalpolizistin weiß ich natürlich, dass man auf Erklärungen von Tatverdächtigen nicht viel geben sollte. Und in der Tat spricht wirklich alles gegen Thomas. Aber irgendetwas in mir sagt mir, dass ich ihm glauben kann."

„Verbeiß dich nicht zu sehr darein. Im Moment spricht wirklich alles gegen ihn."

Die freundliche, junge Bedienung unterbrach die beiden, und erkundigte sich, ob sie noch einen Nachtisch wollten. So wechselten die Freundinnen über die Frage nach Käsekuchen oder Tiramisu das Thema. Kristin fragte nach den Beerdigungsvorbereitungen und Katja erzählte. Zuletzt schwelgten sie in Erinnerungen, wie sie als junge Polizistinnen gemeinsam mit Onkel Hans in seinem Wohnmobil durch halb Europa gefahren waren.

Eigentlich war Kristins Kraft schon zu Ende, als sie zuhause ankamen. Daher hätte sie sicher den Hintereingang genommen, wenn sie Else Kling rechtzeitig gesehen hätte. Nun aber saßen die beiden Freundinnen fest. Else Kling redete wie immer ohne Punkt und Komma auf sie ein. Ob sie von der Festnahme gehört hätten? Natürlich hätten sie, sie seien ja selbst bei der Polizei. „Da wirkt ein Mensch immer so freundlich und zugewandt, und dann bringt er einen anderen Menschen um. Als steckt das Böse in einem Menschen und hofft auf eine Gelegenheit, auszubrechen", geriet sie fast schon ins Philosophieren. „Ich kenne ihn persönlich ja nicht so gut. Er wohnt schließlich nicht in unserem Haus, sonst wüsste ich sicher alles über ihn. Die Bewohner der Nachbarhäuser kenne ich oft nur vom Sehen. Mit diesem Herrn habe ich ein paar Mal gesprochen, aber nicht so oft. Er war so charmant und freundlich, und nun ist er ein Mörder."

Else Kling machte eine Kunstpause um nachdenklich zu wirken. Katja und Kristin warfen sich blitzschnell Blicke zu, dass diese Pause ihre Chance sei, sich zu verabschieden. Doch zu spät. Else Kling redete bereits weiter.

„Und ich habe sein Auto sogar während der Tat vor unserer Haustüre in der Einfahrt im Parkverbot gesehen. Wenn ich das geahnt hätte! Ich kontrolliere von oben von meiner Wohnung aus immer, wer im Parkverbot parkt, müssen Sie wissen. Und dann rufe ich die Polizei. Denn das geht ja so nicht, dass jeder parkt, wie er will. Wo kommen wir denn da hin?"

Kristin schaltete schnell, viel schneller als sie es ihrem seit LongCovid nur noch in Teilzeit arbeitenden Hirn zugetraut hätte.

„Haben Sie an dem Abend auch die Polizei gerufen?" fragte sie aufgeregt.

„Aber selbstverständlich. Aber noch während ich mit der Polizei telefoniere, steigt er in sein Auto und fährt weg. ,Dann können wir nichts mehr machen', kommentierte die Frau am anderen Ende der Leitung nur. Dabei hätte ich ihnen Name, Adresse und Nummernschild geben können. Von wegen, sie hätten nichts tun können."

„Wissen Sie noch, wann das war?" Kristin wurde immer aufgeregter.

„Am Mordabend, während der Tat. Hören Sie mir nicht zu?", wurde Else Kling ungeduldig.

„Wann genau der Anruf bei der Polizei war, um wie viel Uhr", hakte Krisitin nach.

„Das weiß ich nicht auswendig", meinte Else Kling, und Kristin war enttäuscht. Genau dieses Detail wäre das entscheidende Puzzlestück, um über Thomas' Schuld oder Unschuld zu entscheiden.

„Ich kann es ihnen aber nachschauen."

„Sie können was?"

„Nachschauen. Ich schreib alles auf, was um unser Haus herum passiert. Und wenn ich die Polizei anrufe, dann schreibe ich es besonders genau auf. Der Nachbarjunge parkt sein erstes eigenes Auto ständig in unserer Einfahrt. Da rufe ich jedes Mal die Polizei. Wenn die das dann als Kleinigkeit abtun, kann ich ihnen genau sagen, wann ich bereits auf dieses Problem hingewiesen habe, mit Datum und Uhrzeit."

„Sie haben notiert, um wie viel Uhr Thomas Schobert in sein Auto gestiegen ist?" Jetzt war Kristin wirklich aufgeregt.

„Das sagte ich doch gerade. Fast meint man, Sie hören gar nicht zu." Else Kling war fast ein bisschen pikiert.

Nun war auch Katja aufgeregt und wechselte schlagartig vom Urlaubs- in den Dienstmodus. In dieser Aufzeichnung lag der Beweis für Thomas Schuld oder Unschuld. Da die Pulsuhr des Toten den Todeszeitpunkt mit 22.18 Uhr exakt aufgezeichnet hatte, würde die genaue Uhrzeit, zu dem Thomas abgefahren war, klären, ob er vor oder nach dem Mord abgefahren war.

Katja ging mit Else Kling in ihre Wohnung, um die Aufzeichnungen zu holen, wohl wissend, dass sie dieses Beweismittel teuer erkaufen musste. Bis sie es in Händen hielt, redete Else Kling noch sicher eine halbe Stunde auf sie ein. Sie erklärte der Kommissarin, wie genau sie immer auf die Uhr schaue, wenn sie die Polizei anrufe. Sie schaue immer aufs Handy, weil ihr Sohn ihr beigebracht habe, das zeige die genauste Uhrzeit an. Es sei ja jedes Mal ein Kampf mit der Polizei, weil die Parkverstöße einfach nicht ernst nähme. Sie zeigte Katja auch das Fenster zur Straße hin, von dem aus sie das Auto gesehen hatte. „Leider kann man nicht bis zur Wiese sehen, sonst hätte ich den Mörder auf frischer Tat erwischen können. Sehen Sie, der Tatort liegt um die Ecke", erklärte sie, und Katja hatte keinen Zweifel dran, dass Else Kling den Mord beobachtet hätte. Wahrscheinlich hätte sie heruntergerufen, dass man so etwas nicht macht, und sie die Polizei rufen werde.

Schließlich hielt Katja das Heft mit Else Klings Aufzeichnungen in der Hand und eilte zurück zu Kristin. Von dort aus tätigte sie gleich einige Anrufe. Vielleicht gelang es, noch jemanden zu erreichen, der noch heute Thomas Freilassung veranlassen konnte.

Als Kristin allein war, schrie ihr Körper nach Ruhe. Aber zum Ausruhen hätte gehört, auch die Gedanken ruhen zu lassen. Doch das Gedankenkarussell war nicht zu stoppen. Thomas war tatsächlich unschuldig, wie sie vermutet hatte. Wer aber war es dann? Sie war sich sicher, dass es eine der verbleibenden acht Personen der Gebetsstunde sein müsse. Wenn sie nur herausbekommen könnte, wer. Motive hatten alle. Wieder einmal scheiterte ihr gesundheitlich notwendiges Ruheprogramm an der Wirklichkeit. Wie sollte sie meditieren, wenn sie emotional so aufgewühlt war? Die Möglichkeit, durch Ruhe und Entspannung zu genesen, war wie so oft einfach nicht alltagstauglich.

Sonntag

Es klingelte. Kristin ging verwundert zur Tür. Nico und Max hatten je ihre eigenen Klingelzeichen, Katja hätte sich angekündigt. Die wenigen Freunde, die ihr geblieben waren, wussten ebenfalls, dass sie sich anmelden mussten. Sonntags klingelten auch keine Handwerker oder Paketboten, um ins Haus gelassen zu werden. Wer konnte das sein?

Vor der Tür stand Thomas.

„Ich habe gehört, dass es deine Aufmerksamkeit war, die zum Beweis meiner Unschuld geführt hat. Ich wollte mich bedanken."

Fünfzehn Minuten später saßen die Beiden bei einem kühlen Mineralwasser in Kristins Wohnzimmer und grübelten, wie sie den Mörder oder die Mörderin in der Gebetsstunde aus der Reserve locken könnten, dass er oder sie sich verriet. Gerade hatte Thomas einen neuen Vorschlag gemacht.

„Das krieg ich nicht hin", meinte Kristin dazu. „Das kann ich nicht einfach so aus dem Stegreif."

„Wir könnten zusammen üben", schlug Thomas vor.

„Aber heute ist Sonntag. Bis Mittwoch Abend ist nicht mehr viel Zeit, vor allem nicht für mich. In einer Viertelstunde muss ich wieder meine Ruhe haben. Und am Dienstag wird Onkel Hans beerdigt. Da möchte ich dabei sein. Danach werde ich keine Kraft mehr haben."

„Ich gebe dir Tipps, worauf du achten musst. Dann kannst du nachher alleine üben. Morgen komme ich vorbei, und wir besprechen die genauen Einzelheiten. Dann kannst du zwei Tage für dich allein üben, wann immer du einen klaren Kopf hast."

„Ich habe immer nur so kurz Kraft und klaren Verstand. Wenn das am Mittwoch in der einen Stunde, die ich habe, klappen soll, dann müssen wir uns auf eine Person beschränken. Wir müssen alles auf eine Karte setzen und versuchen, diese eine Person zu überführen. Wir müssen uns einigen, wen wir am wahrscheinlichsten für tatverdächtig halten."

Sie hatten die gleiche Person im Verdacht. Aber die letzte Gewissheit fehlte ihnen.

„Eigentlich müsste ich doch nur einmal bei allen in der Küche schauen. Vielleicht fehlt in einem Haushalt im Messerblock ein Messer in der Größe der Mordwaffe. Oder das Messer in der Größe der Tatwaffe ist auffallend neu und frisch nachgekauft. Oder die Messer im Set haben exakt das gleiche Design wie die Mordwaffe. Es sind nur drei Küchen. Brigitte Blancks, Monika und Tobi Fischers und die der Familie Schäfer."

„Ich stelle mir gerade vor, wie du bei Brigitte klingelst und sagst, dass du mal nach ihren Messern schauen möchtest", lachte Kristin.

Thomas schaute sie an. „Brigitte wird währenddessen am See sein und du wirst mir die Tür öffnen. Ich wette, das hast du bei der Polizei gelernt."

Bis er ging, hatte er sie überredet. Sie würde ihm Morgen Brigittes Wohnung und die der Fischers öffnen. Die Küche der Schäfers würde er versuchen, direkt vor der Gebetsstunde in Augenschein zu nehmen.

Wieder allein war Kristin aufgedreht. Sie wusste, dass das, was Thomas morgen vorhatte, streng verboten ist. Und gleichzeitig dachte sie: ‚Das erste Mal seit meinem großen Crash in der Reha habe ich genügend Kraft, etwas Verbotenes zu tun. Das ist wunderbar. Ich darf wieder ein bisschen am Leben teilhaben."

Unglücklicherweise hatte ein paar Stockwerke über ihr Max fast den gleichen Gedanken gehabt wie Thomas und sie. Am Dienstag würde er sich zu den Schäfers in die Küche schleichen und schauen, ob man erkennen könnte, dass ein Messer fehlt oder frisch nachgekauft wurde. Und weil er ahnte, was Kristin dazu sagen würde, entschied er sich, diesen Plan für sich zu behalten.

Montag

Leise schlich Thomas durch den Flur der Fischers. Der „Besuch" vorher, in Brigitte Blancks Wohnung, war einfach gewesen. Er und Kristin hatten sich davon überzeugen können, dass Brigitte wie gewohnt zu einem Tag am See aufgebrochen war. Kristin hatte ihm die Wohnung geöffnet, und er hatte sich in Ruhe alle Messer angesehen, die er finden konnte. Passten die vorhandenen zusammen? Gab es einen Messerblock, in dem genau ein Schlitz leer war? Gab es vielleicht ein Set, bei dem alle das gleiche Design hatten wie die Tatwaffe? Nach kurzer Zeit hatte er die Wohnung wieder verlassen und Kristin berichtet. Aber jetzt, bei den Fischers war alles anders.

Monika war wie gewohnt zur Arbeit gegangen. Aber Tobi war in der Wohnung geblieben. Von Kristins Balkon aus hatte Thomas versucht, die Lage in der Nachbarwohnung zu sondieren. Er hatte Tobi mit Ohrhörern, einer VR-Brille und Sensoren an den Fingern in seinem Zimmer auf dem Sofa sitzen sehen. Offensichtlich verbrachte der Junge seine Zeit in einer virtuellen Welt.

„Was soll Tobi mit den Ohrhörern und der Brille schon mitbekommen?", hatte Thomas Kristin gefragt, und sie hatte ihm widerwillig die Wohnungstür geöffnet und war zurück in ihre Wohnung gegangen. Jetzt aber, als er durch den Flur schlich, kamen Thomas doch Bedenken. Falls

Tobi der Täter wäre, würde er sicher nicht besonders erfreut sein, Thomas auf der Suche nach Messern anzutreffen.

Inzwischen hatte er die Küche erreicht und blickte sich um. Einen frei stehenden Messerblock gab es nicht. Alles war picobello aufgeräumt, nirgend stand auch nur eine schmutzige Tasse herum. Also öffnete Thomas vorsichtig die erste Schublade. Es war eine dieser Schubladen, die es wohl in jeder Küche gibt, und in der alles landet, was sonst keinen Platz hat. In diesem Fall aber war sogar diese Schublade sauber und aufgeräumt und erfüllte Thomas mit Neid, als er an das Durcheinander seiner vergleichbaren Schublade dachte. Fast hätte er sein Handy gezückt, um sich ein Foto zu machen, damit er in seiner Küche auch so schön aufräumen könnte. Aber in dem Moment knarrte die Tür von Tobis Zimmer. Thomas' Herz blieb einen Moment lang stehen.

Blitzschnell versteckte er sich hinter der offenen Küchentür und lauschte. Tobis schlurfende Schritte drangen aus dem Flur herüber und Thomas hielt den Atem an. Dann aber bogen die Schritte zur Toilette ab, und Thomas atmete vorerst erleichtert aus, blieb aber in seinem Versteck.

Die Zeit, bis er die Toilettenspülung und den Wasserhahn hörte, fühlte sich wie eine Ewigkeit an. Dann hörte er, wie sich die Toilettentür öffnete und wieder schloss, und erwartete, dass sich die Schritte wieder in Richtung von Tobis Zimmer bewegen würden. Statt dessen näherten sie sich der Küche. Tobi nutzte die Toilettenpause, sich aus dem Kühlschrank zu bedienen. Besonders entscheidungsfreudig schien der Junge dabei nicht zu sein. Mehrfach hörte Thomas die Kühlschranktür auf- und wieder zugehen. Dabei murmelte Tobi vor sich hin.

„Was ist das eigentlich, was Mama mir vorgekocht hat? Sieht ganz schön gesund aus. Ich glaub, ich mach mir lieber eine Pizza. Mal schauen, was für Pizza wir so haben. Obwohl – das gesunde Zeig muss nur in die Mikrowelle, da kann ich daneben stehen bleiben."

Thomas hörte die klassischen Geräusche einer Mikrowelle und versuchte, so still wie irgend möglich hinter der Tür zu stehen.

„Ich schneide mir am besten ein paar Scheiben Wurst dazu ab, dann schmeckst vielleicht nicht ganz so gesund. Wo ist eigentlich das scharfe Messer?"

Es hätte in Thomas' Leben bessere Momente gegeben, sich daran zu erinnern, dass sein Telefon nicht auf lautlos gestellt war. Jetzt aber löste der Gedanke, jemand könne ihn genau jetzt anrufen, Entsetzen und echten Angstschweiß aus. So oft steht man nicht versteckt hinter der Küchentür eines potentiellen Mörders auf der

Suche nach einem scharfen Messer. Thomas'
Herz schlug bis an den Hals. Privatdetektiv war
definitiv kein Beruf für ihn. Andere mochten so
etwas für Abenteuer halten und das Adrenalin
genießen. Er wünschte sich nur, so schnell wie
möglich die Wohnung zu verlassen und vielleicht
einen Schnaps zu trinken. Jede Sekunde fühlte
sich wie Minuten an, jede Minute wie Stunden.

Und doch zwang sich Thomas, als Tobi endlich
wieder in seinem Zimmer verschwunden war, den
Rest   der   Schubladen   und   die
Geschirrspülmaschine   in   Augenschein   zu
nehmen. Jetzt war er hier, jetzt brachte er die
Aufgabe auch zu Ende. Erleichtert atmete er auf,
als er die Tür zur Wohnung der Fischers von
außen zuzog. Bei dem Gedanken, dass er am
Mittwoch das Gleiche noch bei den Schäfers
probieren müsste, wurde ihm ganz anders. Es
hätte ihn aber sicher nicht beruhigt, hätte er
gewusst, dass Max entschlossen war, ihm diese
Arbeit abzunehmen. Und Max würde weniger
Glück haben als er.

Dienstag

Hans' Beerdigung verlief genau so, wie er es sich gewünscht hatte. Die Urne hatte er offensichtlich noch zu Lebzeiten selbst gestaltet. Sie trug klar erkennbar seine künstlerische Handschrift und zeigte Menschen, Dinge und Ereignisse aus seinem Leben, die ihm wichtig waren. Seine Werkstatt war dabei, Katja, das Wohnmobil. Als Kristin nach vorn ging, um eine Blume an der Urne abzulegen, nahm sie extra ihre Sonnenbrille ab, um sich die Bilder genauer anzuschauen. Stand auf dem Auto wirklich „Sex and Drugs and Rock'n Roll?"

Hans Geschwister trugen elegante Trauer. Man sah ihnen an, dass ihnen unbehaglich war. Dass sie bei der Gestaltung der Feier nicht hatten mitreden dürfen, machte sie misstrauisch. Katja hatte ihnen mitgeteilt, er habe alles selbst vorbereitet und organisiert, das machte sie noch nervöser.

Unter Hans Freunden befanden sich einige echte und noch mehr vermeintliche Künstler, unschwer am Outfit zu erkennen. Eine Dame trug Hawaii-Hemd und eine Blumenkette um den Hals. In der Hand hielt sie eine einzelne, langstielige, rote Rose. Eine Geliebte? Eine Verehrerin? Eine Verflossene? Kristin schätzte, dass noch weitere der anwesenden Damen in eine dieser drei Kategorien fielen.

Katja saß etwas verloren in der ersten Reihe. Einerseits gehörte sie zur Familie, andererseits fiel sie mit ihrer Liebe und Begeisterung für Hans in seiner Familie vollkommen aus dem Rahmen. Darum hielt man Abstand zu ihr. So war sie dankbar, als Kristin sich zu ihr setzte und sie in den Arm nahm.

So lange Zeit war, vor der Beerdigung zur Urne vor zu gehen, lief im Hintergrund leise Musik, die Hans mit dem Wort „Kaufhaus-Gedudel" beschrieben hätte. Wahrscheinlich hatte er die Musik ausgesucht, um den Kontrast zu seinem ersten Liedwunsch möglichst groß zu gestalten und um seine Geschwister vorher ein wenig in Sicherheit zu wiegen. Entsprechend unvorbereitet trat es sie, als es plötzlich aus den Lautsprechern tönte:

„I can't get no
satisfaction!"

Während sich die Geschwister entsetzt anschauten, sprangen Hans Freunde auf, klatschten und riefen:

„I can't get no satisfaction,
cause i try, and i try, and i try, and i try!"

Kristin hatte nicht erwartet, dass ein Geistlicher die Beerdigung halten würde. Aber der evangelische Pfarrer im Ruhestand entpuppte sich als alter Schulfreund und Weggefährte. Zu ihrer

Verblüffung beschrieb der Pfarrer Onkel Hans als auf seine ganz eigene Weise tief gläubigen Menschen, mit dem er sich oft über den Glauben ausgetauscht habe. ‚Da fährt man jahrelang zusammen in Urlaub, feiert Feste, erlebt Abenteuer und Peinlichkeiten miteinander. Aber über den Glauben habe ich nie mit ihm gesprochen. Es scheint, als sei der Glauben das letzte große Tabu unserer Gesellschaft', dachte Kristin.

Der Pfarrer trug langes, graues Haar und einen ebenso langen, grauen Bart. Über seinen Talar leuchtete eine bunte Stola, künstlerisch aufwändig in allen Farben des Regenbogens gestaltet. Kristin schaute genauer hin. Sogar die Stola trug eindeutig die künstlerische Handschrift des Verstorbenen.

„Hans hat auch Stoff bemalt?" fragte Kristin ihre Freundin.

„Hans hat alles bemalt, auf dem Farbe hielt", antwortete Katja. „Einmal sollte ich für die Schule ein Bild malen. Ich war kein bisschen zufrieden, und Hans gab mir Recht. Über Nacht hat er es heimlich überarbeitet. Nun trug es deutlich erkennbar seine künstlerische Handschrift. Ich hatte es aber erst gemerkt, als ich es dem Kunstlehrer abgeben musste. Hans hatte es einfach zurück in meine Mappe gelegt. Da hab ich dem Kunstlehrer Hans' Bild abgegeben."

Kristin lachte leise. „Wie ist es ausgegangen?"

„Der Kunstlehrer hat nichts gemerkt und eine vernichtende Beurteilung geschrieben. Ich hätte das Thema verfehlt und insgesamt wenig künstlerische Begabung gezeigt. Ich musste noch mal ein neues Bild malen. Das erste hat Hans später teuer verkauft und mir vom Erlös zum 18. Geburtstag den Führerschein bezahlt."

Ehe Kristin etwas erwidern konnte, begann der Pfarrer zu sprechen. Es fiel ihm sichtbar schwer, seinen Freund Hans zu verabschieden. Immer wieder stockte und schluckte er.

„Hans Vorschlag war es, heute ein reines Freudenfest zu feiern, weil er in eine neue, aufregende Welt aufbrechen durfte. Ich habe mich geweigert, und ihm gesagt: ‚dann musst du dir jemanden anderen suchen, der dich beerdigt. Ich werde um dich trauern, ob es dir passt oder nicht. Für dich freut es mich, dass du in die neue Welt aufbrechen darfst. Und die Freude kann gern auch einen Platz auf deiner Beerdigung haben. Aber meine Welt wird ärmer. Du wirst mir fehlen. Bei aller Freude für dich hat meine Trauer auch eine Daseinsberechtigung.‘ Da hat er eingelenkt. So war er. Er steckte voller Ideen, auch voller Ideen zum Anecken. Aber er hätte sie nicht zum Schaden anderer umgesetzt."

In Kristins Ansehen stieg der Pfarrer durch diese Äußerungen gleich mehrere Stufen auf einmal nach oben. Kurz vor ihrer Krankheit hatten sie eine junge Kollegin zu Grabe getragen, die bestimmt hatte, dass ihre Beerdigung ein Freudenfest werden solle. Also hatte der ganze Polizeiposten so getan, als ob sie fröhlich wären. Kristin hatte damals zu dieser Art der Beerdigung keinen Zugang gefunden, und empfand den Wunsch der Verstorbenen fast ein bisschen anmaßend. Wie kam sie dazu, ihnen aufzuerlegen, welche Gefühle sie haben sollten?

Eigentlich hatte sich Kristin vorgenommen, die Kraft, dem Pfarrer zuzuhören, zu sparen. Nun aber war sie doch interessiert, und versuchte, konzentriert zuzuhören. Zu ihrem Hirnnebel kam hinzu, dass der Pfarrer, wie alle seines Berufsstands, einen Hang zur Ausführlichkeit hatte. So gelang es ihr nur in Ansätzen, seinen Worten zu folgen. Es sei das Wesen des Menschen, nach Befriedigung im Leben, nach ‚satisfaction‘ zu suchen, und doch immer ein Suchender zu bleiben. Künstler wie Hans brächten dieses Sehnen in ihren Bildern und Werken zu Ausdruck. Die wahre Lebenskunst aber sei es, im Laufe seines Lebens loslassen zu lernen, wie Hans es am Ende seines Lebens konnte. Sagen können: ‚ich muss nicht mehr.‘ - let it be. Dann stehe der Himmel offen, der Ort an dem das menschliche Ringen zu Ende sei.

Die Beatles ertönten mit ‚Let it be‘. Nach den Worten des Pfarrers schienen selbst Hans

Geschwister seine Liedauswahl nicht mehr ganz so unpassend zu finden. Als nach einem Gebet alle hinter der Urne her in die strahlende Sonne gingen, und dazu „Stairway to heaven" ertönte, waren sie versöhnt. Ja, Hans ging in den Himmel, ihm ging es gut.

Nachdem der Pfarrer am Grab seinen Segen gesprochen hatten, traten einige der Freunde hervor. Sie stellten sich um das kleine Urnengrab herum und schauten in die Menge. Dann gab einer den Ton an und sie begannen zu singen:

„Should auld acquaintence be forgot
And never brought to mind?"

Einer nach dem anderen auf dem Friedhof stimmte mit ein, am Ende sogar Hans' Geschwister.

„Should auld acquaintence be forgot,
and days of auld lang syne?

Es wurde Zeit für Kristin, sich von Katja zu verabschieden. Zum allgemeinen Kaffeetrinken mit Beiträgen von Freunden würde Katja sie per Video zuschalten. Wie immer, wenn Kristin früher als andere nach Hause ging, wusste sie nicht, was sie fühlen sollte: Trauer, dass ihre Krankheit sie heim schickte, oder Glück, dass sie überhaupt wieder dabei sein konnte. In ihr Elfchen-Heft schrieb sie:

Glück
und Trauer
sind verwandte Seelen,
besuchen dich nur gemeinsam -

Engumschlungen

‚Das‘ dachte Kristin stolz ‚ist fast schon Poesie für Fortgeschrittene!‘

Währenddessen stand Max in der Küche der Schäfers und öffnete eine Schublade nach der anderen.

„Schnüffelst du hier herum?“

Erschrocken drehte Max sich um. Im Türrahmen stand Noah. Breitbeinig nahm er den gesamten Raum der Türöffnung ein und schnitt Max damit demonstrativ den Fluchtweg ab. Aber Max hatte sich vorbereitet und war um keine Antwort verlegen:

„Ich soll ein großes Küchenmesser rausholen, hat Rahel gesagt.“

Noah grinste feist.

„So, hat sie das gesagt?“

Er zog eine Schublade auf und holte ein riesiges Fleischermesser heraus.

„So eines?", fragte er und ging einen Schritt auf Max zu. Dabei fuchtelte er genüsslich mit dem Messer vor Max' Gesicht herum. Max mühte sich, unerschrocken zu wirken und antwortete lächelnd:

„Nein, ein etwas kleineres Messer, etwa so lang." Er zeigte die Länge mit seinen Händen.

Noah kam noch einen Schritt auf Max zu. Das Messer war nun direkt vor Max' Gesicht.

„Ist bestimmt auch besser, wenn du nur ein kleineres Messer suchst. Mit so einem großen Messer kann man sich und anderen ganz ordentlich weh tun" Noah genoss es sichtlich, Max mit dem Messer bedrohlich näher zu kommen. Aber noch war Max nicht bereit, seine Angst zu zeigen. Er nahm seinen ganzen Mut zusammen und antwortete:

„Auch ein kleineres Messer kann gefährlich sein. Das hat man beim Mord an deinem Onkel gesehen. Das Messer war kleiner als deines und hat gereicht. Ungefähr so groß wie die Mordwaffe soll das Messer sein, das ich Rahel bringen soll."

Noah schaute Max böse an.

„Du interessierst dich für Mordwaffen? Solche wie dieses Messer?" Inzwischen berührte die Klinge einzelne Haare aus Max rotbrauner Wuschelmähne. Max gelang es kaum noch, seine Angst zu verbergen.

„Lass den Jungen in Frieden" – Plötzlich stand Nico in der Küche und sprach Noah mit deutlich strengem Tonfall an. Verblüfft drehte Noah sich um. Als er merkte, dass sein ungeliebter Pfegebruder so mit ihm sprach, setzte er zu einer Hasstirade an. Diese Gelegenheit ließ sich Max nicht entgehen zu entwischen und schnurstracks zu Kristin zu rennen, ihr alles haarklein zu berichten.

Mittwoch

Kristin und Thomas hatten sich, so gut es für Kristin in der Kürze der Zeit möglich war, vorbereitet. Ihnen war klar, dass ihr Plan von der Überraschung und Überrumpelung lebte. Sie hatten also nur diesen einen Versuch. Wenn der Täter oder die Täterin auf ihren Trick hereinfallen sollte, musste heute alles klappen.

Sie kamen getrennt. Nichts sollte darauf hindeuten, dass sie sich zu irgendetwas verabredet hatten. Auch bei der Begrüßung achteten sie darauf, nicht besonders vertraut zu wirken. Alles sollte wie immer wirken. Thomas hatte hoffentlich wie besprochen das Mikro seines Handys laufen.

Alle hatten ihre Gebetsanliegen vorgetragen, es konnte losgehen. Kristin konzentrierte sich noch einmal und sprach zu ihrer eigenen Verblüffung in Gedanken ein kurzes Gebet: ‚Guter Gott, wenn es dich gibt, bitte höre die nächste halbe Stunde einfach nicht zu. Auch wenn es sich so anhört, du bist nicht gemeint.'

„Ich möchte mit dem Gebet beginnen", meinte Kristin, und die anderen blickten sie überrascht an. Bisher hatte sie nicht laut gebetet, nur durch die Körperhaltung den Eindruck erweckt, sie bete leise im Herzen mit. Nun wollte sie beginnen? Aber da sprach sie auch schon.

„Ja, himmlischer Vater", eröffnete sie. So hatte es Thomas ihr beigebracht. Möglichst oft „Ja" und „himmlischer Vater" ins Gebet einflechten.

„Ja, du weißt, wie es um uns steht". Auch darauf hatte Thomas beim Üben Wert gelegt, dass sie immer Gott mitteilte, was er alles wisse. Dann aber steuerte sie direkt auf das Thema zu.

„Du weißt, fast alle hier hätten gute Gründe gehabt, Jakob zu töten. Ja, Herr, du weißt, wie schwierig er sein konnte, wie sehr er jeden einzelnen in dieser Runde verletzt hat. Für manch einen hier war sein Tod eine Erlösung. Du weißt, wie es in jedem Herzen hier in der Runde aussieht."

Kristin atmete noch einmal durch. Dann fuhr sie fort, ehe jemand anderes die Stimme zum Gebet erheben konnte.

„Deswegen bitte ich dich, prüfe die Herzen eines jeden hier in dieser Runde. Schaue in Johannes Herz. Sein Bruder hat ihn sein Leben lang angelogen, hat ihn finanziell ausgenommen wie eine Weihnachtsgans, hat das Familienleben diktiert."

„Was soll das?", fragte Johannes empört. Aber ehe er noch etwas sagen konnte, fiel ihm Thomas ins Wort:

„Störe das Gebet nicht! Willst du über dem Gebet stehen? Willst du dich der Prüfung Gottes entziehen?".

Da schwieg Johannes überrumpelt, und Kristin fuhr fort.

„Prüfe, wie weit seine Wut ging! Prüfe, ob er die Wahrheit spricht! Prüfe, wie es in ihm aussieht!"

Kristin stockte. Ihr fehlte die Übung bei so etwas. Und sie hatte Gewissensbisse, ein Gebet so sehr für ihre Zwecke zu missbrauchen. Aber Pausen durften Heute Abend nicht entstehen. Thomas und sie durften die Anderen nicht zu Wort kommen lassen. Thomas erlöste sie und fuhr fort:

„Ja, himmlischer Vater, prüfe auch Elisabeths Herz. Wie sehr hat sie gelitten unter der subtilen Art ihres Schwagers."

In gleicher Weise gingen sie alle Mitglieder der Gebetsstunde durch. Die Familienmitglieder, die Jakob jahrelang emotional im Griff hatte, Nico, der noch am Tatabend einen Streit mit dem Opfer hatte, Brigitte, deren Liebe Jakob nicht erwidern konnte, Tobi und Melanie Fischer, denen Jakob über Jahre Hilfe zugesagt hatte, die er sich selbst nicht geben konnte. Dann schauten sie sich kurz an und nickten. Sie waren sich sicher, dass ihr Verdacht stimmte. Nun mussten sie nur noch zermürben.

„Ganz besonders", formulierte Kristin, und schämte sich gleichzeitig für den Missbrauch des Gebets, „ganz besonders blicke auf Tobi. Ihm hat Jakob am meisten genommen. Er hat ihm Sünde eingeredet, wo es keine Sünde gibt. Er hat ihn zur Veränderung zwingen wollen, wo es keine Möglichkeit zur Veränderung gibt. Er hat ihm den Weg versperrt, sich wie jeder junge Mensch einfach glücklich zu verlieben. Jakob hat ihm eingetrichtert, dass man nicht schwul sein dürfe, und war es selbst. Allen Grund hätte Tobi gehabt, Jakob zu töten."

„Aber ich wusste davon doch nichts", entfuhr es Tobi. Doch Thomas übernahm und betete unerbittlich weiter. Wie verständlich es doch sei, hätte er Jakob getötet. Wie verletzt er doch hätte sein müssen, wie wütend.

Immer wieder stammelte Tobi: „Aber ich habe davon doch gar nichts gewusst". Immer kleiner wurde er dabei, Tränen traten in seine Augen. Er glich einem Häufchen Elend. Kristin zwang sich, jetzt kein Mitleid zu entwickeln. Da musste Tobi jetzt durch. Eisern wechselten sich Thomas und sie ab, Gott mitzuteilen, wie viele Motive Tobi doch gehabt habe. Endlich sprang Monika auf und rief:

„Lasst meinen Sohn endlich in Ruhe! Er war es nicht! Er kann es gar nicht gewesen sein!" Sie war sichtbar in einer psychischen Ausnahmesituation angekommen.

„Du bist dir da verblüffend sicher", meinte Kristin. „Dein Sohn war es tatsächlich nicht. Er hat, wie er gesagt hat, mit Kopfhörern an seinem Computerspiel gesessen. Aber du warst an dem Abend noch einmal auf dem Balkon. Genau zu dem Zeitpunkt, als Thomas und Jakob unter deinem Balkon Sex miteinander hatten."

Alle Augen im Raum waren nun auf Monika gerichtet.

„Was hättet ihr denn an meiner Stelle getan?", rief sie aufgebracht. „Seit Jahren redet dieser Kerl meinem Jungen ein, er sei verkehrt. Seit Jahren behauptet er, er könne ihn heilen. Seit Jahren wird mein Junge nur schwächer und klänker von der Behandlung. Und dann vögelt dieser Kerl direkt unter meinem Balkon, nur Stunden, nachdem er Dämonen aus meinem Sohn austreiben wollte. Dämonen! Im 21. Jahrhundert! Ja, wo leben wir denn?"

„Was hast du getan, Mama?" Tobi war plötzlich nicht mehr der in sich zusammengefallene Junge, sondern emotional aufgewühlt.

„Was hättest du denn an meiner Stelle getan? Hättest du weiter zugeschaut, wie dein Kind vor die Hunde geht? Irgendwann ist auch mal gut!"

„Du warst das?"

„Ich bin in die Küche zurück gegangen. Um mich abzureagieren, habe ich angefangen, die

Spülmaschine auszuräumen. Aber ich konnte mich nicht beruhigen. Immer wieder kochte die Wut in mir hoch. Dann hatte ich das große Küchenmesser in der Hand, im Geschirrtuch genauer gesagt, weil ich die Klinge noch einmal trockenwischen wollte."

„Deswegen waren keine Spuren an der Tatwaffe", sagte Kristin.

„Plötzlich stand ich mit dem Messer im Geschirrtuch vor Jakob. An den Weg dahin habe ich keine Erinnerungen. Ich war einfach da. Ich hab ihm gesagt, dass er meinen Jungen in Ruhe lassen soll. Ich hätte lieber einen glücklich schwulen Sohn, als einen, der so ende wie er: voller Doppelmoral. Er hat sich wahnsinnig aufgeregt und unglaubliche Dinge von sich gegeben."

‚Das erklärt den letzten Ausschlag auf seiner Pulsuhr', dachte Kristin.

„Dann kam er in seiner Wut auf mich zu und meinte, ich sei Schuld daran, dass Tobi schwul sei. Ich hätte ihm den Vater genommen und ihn wie ein Mädchen erzogen. Ich hatte in dem Moment gleichzeitig irrsinnige Angst vor seiner Wut und war selbst total in Rage. Da habe ich zugestochen." Monika schwieg.

Die Anderen starrten sie an. Dann schaute sie zu ihrem Sohn und sagte: „Ich gehe dafür ins

Gefängnis Aber ich hoffe, dass du in die Freiheit gehst und zu dir stehen lernst."

Die Beiden nahmen sich in den Arm und hielten sich fest, bis die Polizei kam und Monika mitnahm. Die anderen schwiegen. So gern jeder einzelne von ihnen etwas gesagt hätte, so hatten sie Anstand genug, Mutter und Sohn diesen Moment der Verabschiedung zu lassen.

Zwei Wochen später

Kristin hatte Katja, Thomas, Nico und Max zum Grillen an den See eingeladen. Sie waren extra unter der Woche gegangen, damit es am Grillplatz nicht so überfüllt war, und es für Kristin nicht so anstrengend wurde.

„Jetzt erklärt mir noch einmal", sagte Katja zu Max und Kristin, wieso ihr ausgerechnet aus der Bibel herausgelesen habt, dass Jakob schwul ist."

„Das war ganz einfach", erklärte ihr Max. „Jakob hatte sich verschrieben und aus Versehen seine echte Lieblingsbibelstelle aufgeschrieben. Dort stand es irgendwie. Kristin, was stand da?"

„Ich weiß es nicht mehr ganz genau. Ich weiß noch, dass König David seinen toten Freund beweint. Und dabei sagt er so etwas wie: ‚Deine Liebe war für mich wunderbarer als Frauenliebe'", sagte Kristin.

„Genau so war es", erzählte Max aufgeregt weiter. „Weißt du noch, wie das biblische Buch hieß?"

Kristin hatte nicht damit gerechnet, heute noch einmal in Bibelkunde geprüft zu werden, und musste passen. Aber Thomas kannte die Stelle. Er hatte sich lange mit dem Thema Homosexualität in der Bibel auseinander gesetzt und hatte Jakob immer wieder versucht, mit genau diesem Vers zu einer anderen Haltung zu bringen.

„2. Samuel 1,26," meinte Thomas.

„Aber dann hat er seinen Fehler bemerkt, und hat die Spuren gründlich beseitigt. Aber nicht gründlich genug für mich!" Der Stolz über seine Entdeckung war Max deutlich anzusehen. Und in der Tat hatte er damit dem Fall die richtige Wendung gegeben.

„Dann hat er sich eine Stelle gesucht, die auch mit 1,26 aufhört und das genaue Gegenteil sagt. Aber was das war, weiß ich nicht mehr", meinte Max. „Ihr müsst bedenken: ich habe das alles allein herausbekommen, obwohl ich in meinem Leben nur in einer einzigen Relistunde war!"

„Römer 1,26?", fragte Thomas.

„Genau das war's", rief Max aufgeregt. „Wieso weißt du das?"

„Die Stelle kommt immer, wenn es darum geht, dass die Bibel Homosexualität verurteile. Dabei geht es in den Versen darum, dass manche Menschen Gott nicht als Gott anerkennen. Ich kann's nicht mehr hören. Was haben Jakob und ich über diese Verse diskutiert."

„Und alles nur, weil sich das Mordopfer nicht getraut hat, schwul zu sein?", fragte Max noch einmal nach. Die anderen sahen sich an. Irgendwie hatte Max das Problem ziemlich genau auf den Punkt gebracht.

„Ich habe vor ein paar Tagen mit Tobi gesprochen. Er hat tatsächlich zu verschiedenen queeren, christlichen Gruppen Kontakt aufgenommen. Demnächst will er mal nach Basel in einen Gottesdienst fahren", erzählte Kristin.

Als sie den ersten Hunger gestillt hatte, stand Katja vom Picknick-Tisch auf, klopfte mit der Gabel an das mitgebrachte Glas und wartete, bis alle ruhig waren. Dann erhob sie feierlich die Stimme und sagte:

„Nico!" Der blickte sie erstaunt an. „Nico. Ich habe die letzten Tage ein paar Gespräche mit dem Jugendamt geführt."

Nico erschrak. In seinem Leben hatte so eine Eröffnung noch nie etwas Gutes gebracht.

„Du wirst in wenigen Wochen 18. Dann kannst du tun, was du möchtest. Bis dahin wollte ich dir ersparen, weiter bei den Schäfers zu wohnen. Wenn du magst, kannst du bis zur Volljährigkeit bei mir wohnen. Ich habe das mit dem Jugendamt abgeklärt. Aber nur, wenn ich wegen dir keine Mehrarbeit im Haushalt habe, wenn wir zusammen essen und wenn du dich endlich um einen Schulabschluss kümmerst. Wenn nicht, musst du zu den Schäfers zurück."

Kurz kämpfte Katja mit den Tränen, weil sie an ihren Onkel Hans dachte, der ihr damals ein fast gleiches Angebot gemacht hatte. Ihr Angebot an Nico war aber an entscheidender Stelle anders.

„Ich bekomme in ein paar Wochen die Wohnung des Mordopfers. Dann ziehe ich zu Kristin ins Hochhaus. Ich habe geklärt, dass du dann meine jetzige Wohnung im Sedanviertel übernehmen kannst. Du solltest dir dann einen Erziehungsbeistand suchen und musst halt eine WG draus machen. Aber du bist ja im passenden Alter für die Gegend und für eine WG", ergänzte Kristin. „Willst du?"

Natürlich wollte er.

„Ich muss noch etwas erzählen", fuhr Katja fort. „Ich war heute bei Hans' Freund Wolfgang. Hans hatte bei ihm eine ‚Kleinigkeit' für mich hinterlegt. Aber Wolfgang darf sie mir nur unter einer Bedingung geben: Ich muss die „Kleinigkeit" für eine berufliche Auszeit von mindestens einem halben Jahr nutzen. Jetzt weiß ich nicht, ob ich es annehmen soll."

„Was ist es?", fragte Kristin.

„Das Wohnmobil und 30 000 Euro."

„Und wieso weißt du nicht, ob du das annimmst?"

„Was wird so lange aus dir?" fragte Katja zurück.

„Inzwischen kann ich schon fast wieder für mich allein sorgen. Jetzt bist du dran!"

Katja war nicht zufrieden. Aber plötzlich fragte sie:

„Warum kommst du nicht mit? Das Wohnmobil hat zwei Schlafplätze. Wir fahren ganz langsam und machen tagelang Pausen"

Kristin lachte: „Wie soll das gehen, mit der Krankheit?"

„Ach komm", rief Katja. „Es ist doch vollkommen egal, wo du bist, während deine Ärzte keine Ahnung haben, wie man die Krankheit heilen könnte. Und bis zum medizinischen Durchbruch sind wir längst wieder hier."

Kristin war nicht überzeugt.

„Schau", setzte Katja noch einmal an, „du hast in den letzten Monaten echte Fortschritte gemacht, dadurch, dass du so streng auf deine Grenzen achtest – also, außer, wenn du gerade Mordfälle löst. Bis meine Dienstbefreiung durch ist, vergehen noch Monate. Bis dahin schonst du dich ganz pingelig, dann können wir unterwegs sogar regelmäßige Radtouren machen. Am Besten stecken wir dich bis dahin an irgendeinen Ort, an dem du nichts erlebst und dich gar nicht überanstrengen kannst."

„In ein Kloster", rief Thomas. „Ich hab in letzter Zeit viel nachgedacht und habe mich für zwei Monate in einer Benediktinerabtei angemeldet. Dort ist es bestimmt schön ruhig. Ich nehme dich mit. Und wenn es dir nicht gefällt, fahre ich dich zurück. Versprochen."

Katja und Thomas sahen Kristin erwartungsvoll an. Schließlich meinte sie: „OK. Wenn ich bis nächstes Frühjahr zwei Stunden am Stück mit jemandem reden kann, oder wenn ich 20km E-Bike am Tag fahren kann, ohne hinterher PEM zu bekommen, dann komme ich mit. Und mit dem Kloster schauen wir mal."

Nachwort: Kleiner Einblick in das postvirale Chronische Fatigue-Syndrom ME/CFS

Dass Menschen nach viralen Erkrankungen nicht wieder auf die Beine kommen und jahrelang schwer krank sind, ist einigen wenigen Fachleuten – und den Betroffenen selbst – schon lange bekannt. Bisher war die Krankheit aber nicht sehr im Fokus des Interesses. Das ändert sich durch das Coronavirus. Es produziert massenweise neue Patientinnen und Patienten des chronischen Fatigue-Syndroms ME/CFS. Dadurch bekommt eine lange vernachlässigte Krankheit endlich die Aufmerksamkeit, die sie verdient.

Kommissarin Kristin Neven gehört zu den stark Betroffenen und kann nicht mehr arbeiten. Noch stärker Betroffene können ihr Bett jahrelang nicht verlassen. Andere sind weniger stark betroffen, haben aber die gleichen beschriebenen Probleme, nur später und weniger ausgeprägt. Was bedeutet das für sie, und für die Hunderttausenden anderen Betroffenen?

- **Ihre Erschöpfung steht in keinem Verhältnis zum Anlass:** Nach ihrer Kur reichte schon der Weg zur Toilette aus, sie für Stunden zu ermüden. Später erlangt sie zwar mehr Möglichkeiten zurück. Doch immer noch ist die Erschöpfung weit überproportional zu dem, was sie auslöst.

- **Die Symptome verschlechtern sich massiv bei Belastung:** Das ist das Hauptproblem und ein wichtiges Kennzeichen ihrer Erkrankung. Wissenschaftlich heißt es „post exertional malaise", kurz PEM. Es ist das Leitsymptom für ME/CFS. Viele, die LongCovid haben, haben das Symptom Fatigue. Aber nicht alle haben das Syndrom ME/CFS. Zu ME/CFS gehört die Symptomverschlechterung PEM. Wenn Kristin Neven etwas mehr tut, bekommt sie verschiedenste schwere Symptome wie Schmerzen aller Art (Kopf, Muskeln, Nerven z.B.), Geräuschüberempfindlichkeit, Atemnot, kompletter Ausfall der Belastbarkeit. Die Symptome setzen auch zeitversetzt ein, so dass sie nicht immer rechtzeitig merkt, wenn sie sich überlastet.

- **Sie muss Pacing betreiben:** bisher gibt es keine evidenzbasierte Behandlung der Krankheit. Es gibt verschiedene Ansätze, die im besten Fall die einzelnen Symptome lindern. Aber es gibt keine Behandlung der Krankheit selbst, außer diszipliniertes Nichtstun.Wenn Kristin Neven nichts tut, was sie überbelastet, kann sie halbwegs schmerzfrei leben. Dafür muss sie sich aber schon bremsen, so lange es ihr noch gut geht, denn die Symptomverschlechterung setzt zeitversetzt ein. Deswegen stellt sie sich einen Timer. Je seltener sie die Symptomverschlechterungen durch PEM riskiert, desto mehr weitet sie die Zeit aus, in der sie etwas tun kann und desto kürzer ist die Erschöpfungszeit. Die Fortschritte sind aber oft mikroskopisch klein.

- **Sie kann nichts trainieren:** Anders als in anderen Krankheiten darf sie unter keinen Umständen an ihre Belastungsgrenzen gehen. Natürlich darf sie auch nicht „gar nichts" tun. Da sie aber eigentlich ein lebenslustiger Mensch ist, passiert das automatisch.

- **Sie ist schnell reizüberflutet:** Geräusche, größere Menschenmengen, sich verändernde Landschaften überfordern sie. Sie kommt mit Lärm, Menschenmassen oder Reisen nicht zurecht. Das löst Symptomverschlechterungen aus.

- **Sie hat keine psychische Erkrankung:** auch wenn die Krankheit noch nicht genau verstanden ist, so zeichnet sich doch ab, dass die Erschöpfung keine seelische ist.

Anders als Menschen mit Depressionen oder Burnout weiß Kristin Neven sofort tausend Dinge, die sie gern machen würde, wenn der Körper sie ließe. An Freude oder Motivation mangelt es ihr nicht. Psychotherapie kann an der Krankheit selbst nichts ändern. Nichtsdestotrotz könnte Kristin von Psychotherapie profitieren: sie könnte lernen, mit der Krankheit umzugehen oder wie sie sich besser bremsen kann. Sie könnte die traumatische Situation der vollkommenen Hilflosigkeit aufarbeiten. Sie könnte Hilfe gebrauchen im Umgang mit Menschen, die die Krankheit nicht verstehen. Allerdings passt ihre Krankheit nicht ins System Psychotherapie. Ihre Kraft reicht zur Zeit noch nicht aus, durch die halbe Stadt zu fahren, sich dort eine Stunde auf ein Gespräch zu konzentrieren und hinterher durch die halbe Stadt wieder zurück zu fahren. Sie bräuchte dringend deutlich kürzere Gespräche per Videoanruf.

- **Es gibt noch keine Heilung:** Kristin Neven kann hoffen, dass die Coronakrise die Forschungen intensivieren wird. Schließlich leiden nun Hunderttausende an ähnlichen Symptomen wie sie. Zum Zeitpunkt dieses Buches muss sie damit rechnen, dass Pacing zur Lebensaufgabe wird. Sie kann aber hoffen, dass das Zeitfenster, in dem sie andere Menschen und Anstrengungen aushalten kann, durch striktes Pacing immer größer wird.

- **Erfolge sind nicht automatisch von Dauer:** Nur weil es die Kommissarin an einem Tag zu Fuß um den See schafft, kann sie das noch lange nicht dauerhaft. Sie hat gute und schlechte Tage.

- Dass in diesem Buch von ihr pro Tag meist nicht mehr als eine bis zwei Stunden erzählt wird, liegt nicht daran, dass mir für die anderen Stunden nichts eingefallen wäre. Die Zeit, von der unser Buch nicht redet, macht die Kommissarin in der Regel Pause. Sie liegt erschöpft auf ihrem Sofa und erholt sich. Es nervt sie zwar, aber es ist das Beste, was sie für sich tun kann.

Wer mehr über das Leben mit LongCovid erfahren möchte, dem empfehle ich meine Bücher:

- „Wie Schneewittchen im Sarg – mein Leben mit LongCovid".

- „Energiesparmodus – mein Leben mit LongCovid 2".

Danksagungen

- Ich danke meiner Frau, dass sie mich sogar dann noch aushält, wenn ich Bücher schreibe („sag mal, kann man das so schreiben?" - „kannst du das mal lesen?" - „hör mal, wie würdest du denn an Kristins Stelle reagieren, wenn…?" - „wenn du jemanden umbringen würdest…" - „kann ich dich mal was zu meinem Krimi fragen?"…)

- Ich danke den zwei Menschen, die mich vor einem Jahr gestupst haben, mein erstes Buch „Wie Schneewittchen im Sarg" zu schreiben: Meine beste Freundin und meine Shiatsu-Therapeutin. Ohne deren Drängen hätte ich nicht gemerkt, wie schön die Schriftstellerei sein kann.

- Ich danke meiner Schwester fürs Korrekturlesen.

- Ich danke meinen beiden Testleserinnen. Katrin hat sich bei ihren Rückmeldungen selbst übertroffen und Stefanie hat sich spontan bereit erklärt, den Buchumschlag zu zeichnen.